集英社文庫

カーニバルの少女

ドロシー・ギルマン
柳沢由実子・訳

集英社版

カーニバルの少女

登場人物

カプリ・マッコム……………本書の主人公、十五歳の少女
フランシア・マッコム …………カプリの母
シューマン・アボット …………カプリの伯父
カランダー………………………弁護士
ジョシュア・ゲイフェザー …シェリフ、マッコム家の農場を買い取った人
ニコラス・サボ …………………カーニバルのマネージャー
ジャック・ラスト ………………カーニバルで働く若者
マット・リンカーン ……………カーニバルで働く若者
ドック・ブーン …………………カーニバルの機械修理人
マダム・ゼラ ……………………ドックの母、占い師
キャプテン・サウスランド …モーターバイク・ショーの座長
アーチー・ラーチ ………………マジシャン
ミスター・クローム ……………フランシアの昔からのファン
ピーター・クローム ……………ミスター・クロームの息子
チャーリー・マーコニ …………カーニバルの呼び込み屋

第一章

カプリ・マッコムは古いソファに座っていた。ソファはスプリングがこわれ、すり切れた布のあいだから馬の毛や木屑などの詰め物がのぞいている。カプリの目には部屋の静けさが映っていた。その顔は春の太陽で浅黒くなり、髪の色はすっかり明るくなって、からだ全体がこんがりとよく日に焼けていた。

　カプリは両手両足を行儀よくそろえて座っていた。母親と自分の将来が決まることになるこの話し合いに、すこしでも失礼なことがあってはいけないと緊張していた。弁護士のカランダー氏の話しぶりから、これからの暮らしが明るいものにはなりそうになかった。とりもなおさず、自分たちは一文無しになるということだろう、とカプリは思った。

　向かい側には母親のフランシアが、シュー伯父の旅行鞄に腰を下ろしてカランダー弁護士を人のよさそうな目で見ていた。

「カランダーさん」としまいにフランシアが切り出した。「これ以上、悪いニュースを聞くのを先送りしても意味がありません。あなたに噛みついたりしませんから、どうぞお話しになって」

カランダー弁護士はため息をついた。めがねを外し、息を吹きかけて両方のレンズをハンカチでていねいに拭いた。

「遺言を聞く覚悟ができているようですな?」

フランシアは身を乗りだしてほほえんだ。夕暮れどきの薄明かりの中でさえ、彼女は美しかった。もちろん、壁の一面を覆いつくしている無数の写真に写っている姿ほど美しくはなかったが、髪の毛に白いものが混じっているいまでも、彼女はまだ十分に目鼻立ちがはっきりしていて、美しかった。

「ええ、もちろん」唇の両端がピッと引き締まった。「そうよね、カプリ?」

カプリはうなずいた。

「それでは」と言って、カランダー弁護士は端のすり切れた紙を広げ、めがねをかけると、事務的な口調で読み上げはじめた。「私、シューマン・アボットは、心身共に健康な状態において……」

カプリの目が壁いっぱいに張り出された写真や、シュー伯父がとても自慢していたおみやげの数々に移った。そこにはシュー伯父がひとりで、また後にフランシアとともに、新聞の見出しを飾り、スポットライトを浴びた時代にいっしょに写真におさまった人々の笑顔があった。カプリはそれらの写真に書き込まれた言葉をすべて空で言えた。「永遠の友へ、W・C・フィールズ」「幸運を! ビル・ロビンソン」「大好きなあなた、お幸せに! ノラ・ベイエス」。みんなそろってそこにいた。マリー・ドレスラー、ソフィー・タッカー、ウェーバー・アンド・フィールズ、そしてロープを手にしたウィル・ロジャーズという若者……。

そこには十四歳のころからボードビル（歌・踊り・曲芸・寸劇などの寄席演芸）の舞台で活躍していたシュー伯父の似顔絵や写真やスケッチ絵があった。そしてそれから何年か後にはフランシアがデビューして、彼らはアメリカ全土とヨーロッパで兄妹ボードビリアンとして活躍したのだった。シュー伯父がボードビルの仕事を引退して農場経営を始めたとき、新聞は『ボードビル王の引退』という賛辞を贈った。その後、ボードビルはすたれ、そしていまシュー伯父も死んでしまった。残されたものは傷のあるレコード数枚と彼のことを書いた新聞記事などのスクラップブックだけだった。

わたしたちはもう破産同然なんだわ、とカプリは思った。それはぜんぜん意外ではなかった。農場経営はまったく失敗したし、フランとシュー伯父ときたら、どんどん減っていく貯金通帳には目をつぶって、夜になると建物が壊れそうなくらい大きな音でピアノを叩いて歌ったり踊ったりしていたんだもの。

カランダー弁護士が読み終わった。フランシアは泣き出しそうになるのをこらえている声で訊いた。

「それで、シューが残した全財産とは、なんですか?」

弁護士は咳払いした。

「この家です」と言って、彼はもう一度めがねを外して、いまいる大きなみすぼらしい書斎を示した。

「担保になっています」フランシアが言った。「そしてこの家が建っている二十エーカーの土地です」

「石だらけで、荒れた土地ですよ」

「家の中の家具もあります」

「なんの価値もありません」フランシアはほほえもうと努力した。

「そしてカーニバルですよ」

「いま、なんとおっしゃったの？」フランシアが聞き返した。

カランダーはうなずいた。

「お聞きのとおりです。トビー・ブラザーズ巡業カーニバルという、名前どおりの悪趣味な旅芸人一座ですよ」

沈黙が降りた。それからフランシアが足を踏みならす音が響いた。

「こともあろうに！」

カプリは笑い出した。いかにもシュー伯父らしい！

「フラン、わたしたち、カーニバルをもっているってこと？」

母親がうなずいた。

「そのようね」と言って、彼女は両腕を前に開き、肩をすくめた。「いつ、シューはカーニバルを買ったのです？　なぜ兄はわたしたちになにも言わなかったのかしら？」

カランダーはためらった。

「おそらく同じ理由からシューはカーニバルを買う取引が終わるまで、私にもなにも言わなかったのです。もちろん、大失敗ですよ、この買い物は。十五年ほど前に買ったのですが、この間、一度も利益を上げたことがないのです。だが、彼はカーニバルを売ろうとはしなかった。彼は……」と、ここで弁護士はまた咳払いした。「何らかのショービジネスを所有していると思うだけでうれしいのだ、と言ってました」

「カーニバルはショービジネスじゃありません」フランシアが言った。

「それは知らなかったな」カランダーはぼそりと言った。「とにかく、あんなものを買うなんて、まったくばかげたことです」

フランシアが身を乗り出した。

「カーニバルの興行もまた農場と同様に、失敗なんでしょう？」

カランダーは別の紙に目を落とした。

「まさに五セントの価値もない、といったところでしょうな」彼は首を振りながら言った。

「ま、私は驚きませんがね。あなたのお兄さんは、ミセス・マッコム、だめなものを選ぶことにかけてはまったく熟達してましたから。カーニバルは、控えめに言っても、三流ですよ。警察の手入れを受けたのも度々だし、ちゃんとした町には立入禁止らしい。賭事《かけごと》やイカサマ勝負をやってるとの悪い噂もあります」

フランシアはまるでそんなことは驚くに値しないとでもいうように、文句も言わず黙って弁護士の言葉を聞き、足元の床に目を落とした。

ここでカプリが明るい声で言った。

「でもとにかく、住む家だけはあるのね？」

母親は厳しい目で娘を見た。

「そうよ。住む家だけでなく、経営するのにお金のかかる農場もよ」彼女はどうしようもないというように肩をすくめた。「お金があれば、あなたを大学へ行かせることができたのに」

カランダーが興味を見せたので、フランシアは言い足した。

「この子、学校の成績がわりあいよかったんですよ」

カプリ自身は、大学よりもいまは探検家とか看護師とか詩人になりたかったのだが、なにも言わなかった。ここは母親の取り仕切る場面だった。そして自分は同席しているにすぎないと承知していた。

「それじゃ、カーニバルを売りに出すことに取りかかりましょうか？」カランダーが訊いた。

「勝手ながらここに必要な書類を用意しておきました。あなたはサインすればいいだけですよ」

カプリの母親はペンに手を伸ばしながらため息をついた。

「こんなもの、きっと買い手がないでしょう」

「いやいやどうして」カランダーが言葉をはさんだ。「どうしてもほしいという人間がいるのですよ」

フランシアは手を止めた。

「ほんとうですか？」

「ええ。カーニバルの興行はずっとなんとかいうマネージャーがやってきたのですが、ええと、なんという名前だったか……」と言って、彼は書類に目を落とした。「ニコラス・サボ、これだ。この人物はいままでも数回このカーニバルを買いたいという申し入れをしているのです。あなたのお兄さんが亡くなると、彼は電報を打ってきました。私は五セントの価値もないと伝えたのですが、彼はそうとういい値段を提示してきましたよ。そう、とんでもないほどいい値段です」

フランシアはペンを置いて、顔をしかめた。

「どうしてでしょう？　なぜ買いたがっているのかしら。さっき、兄は一度もこのカーニバルから利益を上げたことがないとおっしゃいましたよね。でも、それを知りながら、それでもその人は買いたいという。なぜかしら？」

カランダーは首をすくめた。

「さあ、わかりませんな」

カプリは母親が考えに沈みながら立ち上がり、窓の方へ歩いていくのをながめた。

「カーニバルにはいくつ乗り物があるのかしら？」

突然、フランシアが訊いた。

「失礼？」カランダーが聞き返した。

「乗り物ですよ。観覧車、回転木馬《メリーゴーランド》、ジェットコースターなどの。カーニバルの規模はそのカーニバルの所有する乗り物の数で決まるんです。ほかのスタンドはカーニバルのものではなく、契約で外の人たちにやらせるんですよ」

「ああ、そういうことですか！」カランダーはふたたび書類に目を通した。そして得意げに八台あると宣言した。彼の目にほんの少し、好奇心が浮かんだ。「八台の乗り物というのは、大きなカーニバルですか？」訊かずにはいられないようだった。

フランシアは首を振った。

「いいえ。小さいわ。とても小さい」

そうつぶやいて、彼女は窓の外を見ながら考え続けた。カプリは、母親の目にいま映っているのは、石だらけの畑、作物が実らない斜面、うらぶれて崩れかかった古い大きな家だと知っていた。カランダー弁護士は正しいわ、シュー伯父さんは『だめなものを選ぶことにかけてはまったく熟達していた』のよ。

フランシアもまたそれについて考えていた。そして、嫌々ながら声に出して考えを言った。

「なんの役にも立たない、古い農場が一つ。同じくなんの役にも立たないカーニバルが一つ。カプリ、もしこの二つから一つを選ばなければならないなら、どっちを選ぶ？」

カプリはにっこり笑った。

「もちろん、カーニバルよ」

彼女はまじめに答えたわけではなかった。二つのうちでは、より見当がつかないものを選ぶことによって、どんなことでもする覚悟ができていると示したかったのだ。

だが、母親はうなずいた。

「両方ともを続けることはできないわ。どちらか一つでも続けることができれば、上出来というものよ」そう言うと、彼女はカランダーにまっすぐ目を向けた。

「ミスター・カランダー、農場を手放すことにします。カプリとわたしではとても農場を続けることはできません。お金がないので、人を雇うこともできません。ですから、カーニバルのほうを続けることにしますわ」

カランダーはこれを聞いて立ち上がった。

「そんな！　それだけはやめたほうがいい、ミセス・マッコム！」と叫んだ。

フランシアは彼と真っ正面から向かい合った。

「ええ、ええ、おっしゃることはわかります。頭がおかしくなったのか、と言うのでしょう？　でも、わたしたち、十セントも持っていないんですよ。昔の仕事に戻るには、わたしは年を取りすぎています。だれもわたしのことを覚えていないでしょう。この農場はわたしたちを破産させてしまったのです。でもいまここに、カーニバルがあるのです。シューの遺産で、わたしたちのもの。でもこれは少なくともだれかがほしがるようなものなのです。この農場をほしがる人がいますか？　いませんよね。ですから、カーニバルのほうにいくらか希望があると思うのですよ。そうじゃありません、カランダーさん？」

「なるほど、そういう理屈ですか」ぼそぼそと弁護士がつぶやいた。それなりに理屈は通っていると思ったようだった。

「それに、わたしたちはなにも失うものがありません」フランシアは落ち着いて話を続けた。「わたしにとっては、やってみるだけの価値があります。もしかすると、カーニバルは成功するかもしれない。そのチャンスはあると思うんです。ある意味で、それはわたしのよく知っている世界なんですよ、ミスター・カランダー」

「しかし、あなたには子どもが！」

カプリはびっくりした。母親は面白そうに娘を見た。

「子どもとは言えませんよ、カランダーさん。彼女はトラクターも運転できるし、牛の乳もしぼれる。あなたは牛の乳がしぼれますか？」

弁護士は硬直した。

「いいんですよ、できなくても」フランシアはやさしく言った。そしてカプリに向かって言った。「カプリ、これでかまわないかしら？」

カプリは笑い出した。カランダー弁護士の顔が紙のようにしわしわになったから、そしてカプリの中には、不確かな将来を楽しみにするシュー伯父の血が流れていたからだった。

「かまわないかですって？」そう叫んで、彼女は大好きなこの家を離れるという胸が痛くなるような思いを振り払った。「ぜんぜんかまわないわ！　いつ出発する、フラン？」

第二章

カランダー弁護士が二人の選択には賛成できないと抗議をしながら遺書を持って憮然《ぶぜん》として帰っていった翌週、カプリは自転車で農場の母屋の玄関前にやってきて、男がひとり、日溜まりの中に腰を下ろしているのにばったり出会った。

「こんにちは」と彼女は自転車を降り、石段に寄りかからせてから、男にあいさつした。「なにかご用ですか？」

「すぐに中に入れてもらえないだろうか」と男はたのんだ。「ずいぶん長いことここに座って、だれか来るのを待っていたから、疲れてしまったのでな」

カプリはびっくりして男を見た。百八十センチ以上もありそうな大男だった。男のからだがじゃまして、カプリは玄関に入れないほどだった。白っぽい金髪で、どちらかというと厳しい顔つき、そして目立たなかったが上唇にやはり金髪の口ひげが蓄えられていた。

「ごめんなさい。泥棒に入りたくても、この家の中にはなにもないのよ。売りに出されているの」

「冗談じゃない」と男は頭を振った。「私は泥棒なんかじゃない。それどころか泥棒を捕まえるのが私の仕事なのだ。いや、じつは、この家を見たくてやってきたのだよ。私はつまり、未来の買い手というところだな」

「わあ、ごめんなさい。わたしはてっきり……」カプリはすぐに謝った。

「いやいや、私が悪かった」と言って、男は立ち上がって、ズボンのほこりを払った。「陰気な顔の男といっしょに来たのだが……」

「それはカランダーさんにちがいないわ」カプリはすかさず言った。

「ああ、そうだ。この家の人を探しに納屋のほうへ行ったのだが。きみはいま納屋から来たのかね？」

「いいえ。でも家を見せてあげましょうか。母はいま自転車で近くに買い物に出かけていますから」

「お母さんは自転車に乗るのかね？」

彼は目をまん丸にした。

「ええ。お金がなくて自動車をもてませんから」カプリは簡単に言った。それからさりげなく付け加えた。「もちろん、あなたがこの家を買ってくだされば、変わりますけど」

カプリはその男性といっしょに家の中に入り、空っぽの部屋部屋を見せた。彼は家を見に来たほかの人たちと同じように、梁《はり》や壁や床を触りまわった。まるで建築家みたい、とカプリは思った。まったく同じ家を建てようとしているかのように、目を細めて見たり、寸法を測ったりしている。カプリはそのあいだため息をつきながら待っていたが、最後に大きな書斎へ案内した。

「いやあ、これは！」と、のっぽの男は言った。「これはいったい、だれだね？」

その目は臨時にドアに立てかけてあった、等身大のアボット兄妹の写真に釘付けになっていた。

「あ、それは、シュー伯父と母です」カプリは答えた。そしてこころもち自慢そうに付け加えた。「シューマンとフランシア・アボットって、聞いたことありませんか？」

「いや、ないと思う。なにをしていたのかね、この人たちは？　知っておくべき人たちかね？」

カプリはちらっと男を見て、あまりボードビルを観たりしないような人だと判断した。そして首を振りながら答えた。

「いいえ。そうじゃないと思います。母たちは昔、ボードビルの舞台に出ていたんです。シュー伯父は先週亡くなったばかりです」

「そして、この優雅な女性は？」

カプリは頬を染めた。母はたしかにこのポートレート写真では優雅に見えた。だが、実際の生活ではいつもレグホン種の鶏の世話と卵を売りさばくことに追われていて、たいてい疲れていて機嫌が悪い。それに色あせたパンツとだぼだぼのセーターでだらしない格好をしていた。

「それは母です」

「そうか。自転車に乗る人だね。それじゃ、きみもここに住んでいるのかね？」

「ええ、そうです」カプリはその男に好感をもちはじめた。「わたしは生まれてからずっとここに住んでいます。もちろん、わたしが生まれる前は、フランシアは世界中を旅していました。母とシュー伯父は、イギリス国王と王妃の御前でも演じたことがあるんですよ」

「それはすごいな」と男は声を上げた。「きみのお父さんも御前で演じたのかね？」

「いいえ、父は銀行員でした」カプリはそう答えなければならないのがイヤでたまらない、とは言わなかった。フランシアはカプリの父親が銀行員だったのが自慢げだったが、カプリはいつも変だと思っていた。「わたし、父を知らないんです。列車事故で死んでしまったので。父の死後、シュー伯父がわたしたちを引き取ってくれたの」

「なるほど。しかしこんなに美しいミス・アボットが隠れているにしては、じつに意外な場所だね、ここは」と男は言った。「じつに意外な場所だ」

カプリは変なことをいう人だという目つきで男を見て、それから地下室へ案内した。

「瓶詰のピクルスがいっぱいあるね。こりゃいいな」

「ここの梁は百年以上の古さなんです」カプリが指さして説明した。

しかし男の関心はピクルスのほうにあるらしかった。

「これはだれのものかね？　ああ、ブルーベリーもミンスミート（細かく刻んだ肉の中に乾燥果実、牛脂、砂糖漬けのレモンなどを加えてブランデーやラムなどを振りかけ保存したもの）も瓶詰がある。うまそうだな」

「これは母とわたしのものです。わたしたちがいっしょに作ったものですから」

「しかし驚きだな。あんたたち二人が手伝いなしでこの農場をやっているというのかね？」

カプリはうなずいた。

「お金がなくなってしまったので、自分たちでなにもかもしなければならないんです。ここはシュー伯父が所有していたので、わたしたちみんなで家に手を入れて農場を経営してきたんです」

カプリの目が過去を思い出す目つきになった。

「フランとシュー伯父は、それは一生懸命働いたわ。それはもう、ほんとうに。でも、わたしたち三人の中でも、伯父さんはいちばんだめだった。農業についてなにも知らなかったんです。伯父さんは農場経営者になりたかっただけなんです。とてもロマンティックなことだと思ったんです」

「そうだね、たしかに二人の舞台芸人が農場経営するというのは、成功物語には聞こえないね」

カプリは正直に言った。

「ええ。ぜんぜん成功しませんでした。ここは、正直言って、あなたにとってあまりいい買い物にはならないと思います。土地が痩《や》せていて、よくないんです」

真実を言うことにためらいはなかった。それに、この男がここを買うとは思えなかった。ここ数日、何人もの未来の買い手が農場を見に来た。フランは彼らを「永久に未来の買い手たち」と呼びはじめていた。

しかし、それにしてもその中の何人がこの荒れ果てた農場に関心を示しただろうか。いまは春の太陽を浴びて果樹園の花がピンクや白の紙吹雪のように咲き乱れ、車寄せの道沿いに咲いているライラックの花が家の高さまで噴き上げるラベンダー色の噴水のように見える、すばらしい季節だというのに、未来の買い手たちはどの人もまるで、花よりも実をつけている木がいますぐほしいかのようだった。

だが、その男はカプリににっこりと笑いかけた。

「いや、私はまだ、やめたほうがいいと思わせるようなことは一言も聞いていないし、目にしていないよ」

カプリは笑い返した。

「あとで、悪いことは一つも聞かなかったとは言わないでくださいね」

二階に上がると、そこにカランダー弁護士がいた。なにもない、がらんとした廊下でトランクに寄りかかっていた。

「ああ、そこにいましたか！」と彼は苛立った声を上げた。「いつの間にかいなくなってしまったから……」

「いやいや、謝らなくていい」と男は言った。「私が勝手に姿を消したのだから。そうしたかったからだよ。自分の目でここを見てまわりたかった」

カランダーはショックを受けたようだった。

「それは、なんとも……。困りましたな。この家の梁を見せたかったのですよ。百年以上古いものです。スプリングハウス（肉類［乳製品］貯蔵所。泉や小川にまたがって建てた、肉類、乳製品などを冷やして鮮度を保つための小屋）も大したものです」

「私はまさに、そんな説明を聞きたくなかったから外に出たのだよ」

男はにっこり笑って言った。それから白い名刺を二枚取り出して、ジョシュア・ゲイフェザーと名乗った。

「こちらはカナダシティのゲイフェザー氏ですよ」カランダーが気乗りしない口調で紹介した。「さてと……」

「さてと、私は関心がありますよ」ゲイフェザーが言った。

カプリはカランダーと同じくらい驚いた。

「いくつか条件はありますがね」ゲイフェザーが言葉を続けた。

弁護士が首を振った。

「私は忠告しましたよ」

「いや、私の挙げる条件は、あなたとは関係ない」ゲイフェザーは少し冷たい口調で言った。

「それはきみ次第なのだよ、ミス、ミス・……」

「カプリ・マッコムです」

「カプリ？　変わった名前だね？」

「カプリ島からとったんですって。フランが若いころ、一度訪ねたことがあるんです。まだお金があったころ」

ゲイフェザーの目が輝いた。

「なるほど。さて、私はこの農場をぜひ買いたいと思う。ただし……」

「ただし？」カプリは息を詰めて話の続きを待った。

「ただし、ミンスミートとブルーベリー、それからピクルスの瓶詰をおいていってくれるなら、そしてもう一つ、実物大のアボット兄妹のポートレート写真を壁にそのまま残していってくれるのならという条件を出したい」

カランダー弁護士は居心地悪そうにもそもそと体を動かした。この提案に彼は飛びつきたかったが、あんまりうれしそうに見えるのもまずいと思った。

「さあ、どうだね、カプリ？」

と彼は代わりにカプリに尋ねた。

「いいのじゃないかと思うわ」カプリが当惑しながら言った。「だって、これからわたしたちが行くところには、そんなものは持っていけませんもの」

彼女はそこがどこなのかは言わなかった。またゲイフェザーもまたそれを訊かなかった。弁護士がなにも教えないといいけど。わたしたちがカーニバルに行くと言ったら、足元を見られてしまうから。

「それじゃ、話はついた」と言って、ゲイフェザーは深いため息をついた。目が輝いている。

「ああ、ライラックがすばらしいな！　われわれはいつ引っ越しできるのだろう？」

カランダーがしたり顔で言った。

「やっぱり、奥さんに訊かないと……」

「家政婦だよ。私は独身だ」ゲイフェザーがすぐに言い直した。

「家政婦さんはその前にここを掃除したりしたいでしょうし……」

「わたしたちは明日、ここを出ていけます」カプリが言葉をはさんだ。「フランは一日でも早く向こうの生活を始めたがっているんです。もう荷造りは済んでいます。スーツケースに詰めたものを取り出して使って暮らしていたんです」

「それで、きみたちはどこへ行くつもりかね？」ゲイフェザーがついに訊いた。

「それじゃこのあとの話は、私のオフィスでしましょうか？」カランダー弁護士がせわしない口調で提案した。カプリはショックを受けた弁護士の様子に笑いたくなった。三人はカランダーが車を止めている車寄せの道まで行った。車に乗りかけたゲイフェザーが振り向いて言った。

「いつか、ぜひ見に来てほしい。この家が私のものになったら、ぜひ一度」

カプリはなにも言わなかった。この人には、わたしがこの家を去ることをどう思っているか、わかるはずがない。はっきり言って、フランだって、わかっているかどうか、あやしいものだ。だって、フランはいままでいろんなところに住んできたけど、わたしにとっては家と言ったら、ここしかなかったんだから。

「ええ、よろこんで」とカプリは行儀よく返事をした。「母と二人で来ます」

彼女はそのまま車がほかに車のいない田舎道を走っていくのをながめた。それからきびすを返して家に向かって歩きだした。フランの自転車が白樺の木に立てかけてある。フラン自身は大きな買い物袋をもって家の中に入るところだった。

「それ、もう必要ないわ、フラン。たったいま、この家は売れたのよ」カプリは真顔で母親に言った。

「まさか！」フランは玄関の石段の上に座り込んだ。買い物袋の中から豆の缶詰が一個草の上に転がった。「うそでしょう！」

その声を聞いてカプリは、この家を売ることが母親にとってもむずかしいことだったのがわかった。

フランはまばたきして涙を拭いた。

「それじゃ、お祝いのパーティーをしなければね」そう言って、彼女は姿勢を正した。「缶詰のロブスターを買ったのよ。そんな贅沢《ぜいたく》をしたのは久しぶり。でもまさかそれを……」

彼女はまた泣き出した。

「パーティーはシュー伯父さんの書斎でしましょうよ。キャンドルを点《つ》けて、窓をぜんぶ開け放して」カプリが言った。

「ライラックの花が見えてきっときれいよ」

二人は台所に急いで、ロブスターを蒸しはじめ、ソースを選んだ。それからフランはカプリを椅子に腰掛けさせて、ゲイフェザーの訪問をすべて聞き出した。彼はライラックの花に気がついた？　裏の石段がこわれていることも？　カプリはピクルスやミンスミート付きで家を買いたいと言った話をするのを忘れなかった。二人はおしゃべりし、計画を練り、ときどきレンジの上で蒸しているロブスターをのぞきこんだ。その間中、二人とも内心ではお互いにこんなことをして慰め合っているのだとわかっていた。だから、夕方五時にドアベルが鳴ったときは、二人ともびっくりして顔を見合わせた。

「カランダーさんかしら?」フランが言った。

「いま家に入ってきたら、流血沙汰になるのがわからないのかしら?」カプリが腹を立てた。「夕食に誘ったりしないでよ、フラン」

「もちろんよ!」

だが、それはカランダー弁護士ではなかった。近くの花屋からの配達だった。少年は生花を腕いっぱいに抱えていた。

「カプリ・マッコムさんに」と少年はにっこり笑って伝えた。

「わたしに?」けげんそうな顔でカプリは受け取り、フランシアが包みを開けた。

「まあ、これはゲイフェザーさんからよ! ピクルスのお礼に、ですって!」

これでゲイフェザー氏はいままでこの家を見に来た〝未来の買い手たち〟と決定的に別の存在になった。カプリはこれからしばらく彼のことは覚えていなければならないだろうと思って、気分が沈んだ。悲しかった。できればいままで彼女たちのものだったこの家の新しい住人となる人のことは忘れたかった。

「わたしたち、ミンスミートやピクルスさえ持っていけないのに、お花なんか持っていけるわけないじゃない？　なに考えているのかしら」

「でも、親切な人じゃない？」フランシアがやさしく言った。

「親切？　どこが親切なの！」

と言うと、彼女はわっと泣き出した。パーティーは台無しになってしまった。

第三章

カプリとフランシアの泊まったホテルは、カーテンは汚れ、ピンクの椅子も色あせてみすぼらしかった。フランシアは壁の中をネズミが走り回っている音がすると思ったが、シーツは清潔でなんといっても一泊二ドルなので文句は言えなかった。家はゲイフェザー氏に売れはしたが、借金を支払ったあと手元に残った金はほんのわずかで、二人がこれから新しい人生を始めるにはあまりにも心細く、カプリはもっといいところに泊まる贅沢をする気にはなれなかった。

「このお金もほんとうはわたしたちのものではないのよ」フランシアが言った。「これはカーニバルのお金なの。いいこと、一ペニーといえども、これからは無駄にしてはいけないの。お金はすべてカーニバルのために使うのよ。そして必ず儲《もう》けを出さなければならないの。それは世の中では経済と呼ばれるものだけど、わたしたちにとってはそうするしか生きる道はないものと思いなさい」

二人はまったく余裕のない経済にひどく緊張してはいたが、カプリは家を出発してから夜の長旅のあと、山々に囲まれた土地のさわやかな冷たい空気を吸っているうちにすっかりいい気分になり、なんだか新しい生活が楽しめそうな気になってきた。

さっきから遠くにカーニバルの音が聞こえていた。田舎の夜は暗い。穴の中よりも暗いほどだ。だが、カーニバルがテントを張っている場所ではスポットライトが空に向かって動いていた。それは地上から空に向かって投げられた黄色いテープのように明るかった。

「今晩は静かだな。昨日の晩、警察の手入れがあったからな。一度か二度は必ずあるんだ。だが、客が怖がるからよくないよ。みんなスリルを求めてやってくるんだが、その種のスリルじゃないからね」バスの運転手が言った。

バスの運転手はフランとカプリをじろじろ見た。その目は彼女たちの買ったばかりの旅行鞄に移った。カプリは彼の視線をとらえるとにっこり笑いかけた。運転手はきまり悪そうに笑い返した。

「あんたたち、女ばかりで不用心だな。この間もカーニバルで財布をすられたとかで、バス代が払えないご婦人がいたっけ」

「カーニバルに行くには次で降りるのかしら?」フランが聞こえないふりをして訊いた。

「ああ、そうだ」

バスはニレの巨木の下に寄せて止まった。

「帰りは道の反対側にバスストップがあるよ」運転手が言った。

カプリは礼を言い、母親の後ろについてステップを降りた。バスが見えなくなると、カプリはここがこれから自分の新しい家《ホーム》になるのだと思ってあたりを見渡した。

カーニバルはまるでサーカスのようににぎやかだった。耳が痛くなるほどの大音響と照明がまぶしかった。ドキドキして、神経が高ぶった。大勢の呼び込み屋が小さなマイクで声高に、それぞれの出し物の宣伝文句を競い合い、鞭《むち》の音、観覧車の回る音も聞こえてきた。蒸気オルガン《カリオペ》の奏でる陽気な音楽、そしてときどき観覧車から悲鳴が聞こえた。

匂いもまた刺激的だった。できたてのポップコーンの香ばしい香り、おがくずの匂い、油、ほこり、そしてどこからともなくなつかしいスイカズラの花の匂いが漂ってくる。

カプリは目をきらきら輝かせてあたりを見まわした。真っ赤なワゴンやキャンバス地の大きなテントに張り出された色あせた写真などが目に留まった。テントの外の電球のまわりには虫が集まって渦のようにぐるぐる回っていた。

「二人」フランが言った。

入り口ゲートの縦縞模様のボックスにいた男は切符を二枚渡し、もたもたせずに早く中に入れと合図した。二人は中に入り、前を歩いていた人々に合流した。

ゲートの中は音楽と騒音の渦だった。カプリは母親の手をしっかり握った。カーニバルの音から判断するかぎり、さっきのバスの運転手が言っていたような、客の入りの悪い晩だとはとうてい思えなかった。おがくずが撒《ま》かれたカーニバル会場を通る人々の声も甲高《かんだか》かった。

「すてきじゃない？　このカーニバル。ほんとうにすてきだと思うわ、フラン」

フランシアは面白そうにカプリを見た。

「あなたはほんとうのビッグタイムショーを観たことがないからよ、カプリ。あのカリオペの音に耳を澄ませてごらんなさい。三つ目の音ごとにスキップしているわ。それに、なにもかもが薄汚れてる。ペンキを塗り替えたのは何年前のことかしら？」

「でも、これはほんとうにわたしたちのものなんでしょう、フラン？」

「乗り物は、ね。でもわたしは試してみる気がしないわ。乗り物以外は寄せ集めよ」

「こんなにたくさんの屋台で、いったいなにを売っているのかしら？　見て、フラン、ぎゅうぎゅう詰めよ。まるでイワシの缶詰の中身のよう」

「幸運を売っているのよ。一攫千金《いっかくせんきん》の夢を売る屋台というわけ」フランシアが皮肉な口調で言った。「閉まっている屋台は昨日の夜の手入れのためよ、きっと。店主はまだ留置場でしょう」

「そうなの……」

カプリは小さくつぶやくと、もっとにぎやかなほうへ向かった。鞭使い、ジェットコースター、そして小さなメリーゴーランド……。子どもたちのキャーキャーいう声が聞こえた。上を見ると、大きな飛行機に乗った子どもたちが空高く揺れている。

「あれは面白そうだわ」カプリは思わず身を乗り出した。

山高帽をかぶった背の高い男が、ハワイのオアフ島から今日のためにやってきた十人のダンシング・ガールズのフラダンスは必見、必見と大声で宣伝している。それからビンゴのテントへ行き、そのあとやっと小さな小屋で椅子に腰を下ろすことができた。

その小屋には客はなく、若い男がひとり、アドルフ・ヒトラーの似顔絵にボールを投げて遊んでいた。ボールは毎回絵に当たって、絵がひっくり返った。

「ほら、簡単そうだろう」男はすぐそばで見ていた子どもに話しかけた。「ジャック・ラストの店では、ぜったいハズレはないんだよ」

「ほんとだね!」と男の子は興奮して言った。革ジャンパーの背中にスーパーマンの絵が描いてある。その下にへたな白い字でビリーとあるのは、その子の名前らしい。「ねえ、ベッツィー、すごいだろ、やってみないか?」

男の子のそばには妹とみえる小さな女の子が立っていた。男の子の手をしっかり握っている。いまその子は兄の言葉にうなずいた。

「うん、ビリー、やってみたい」

ビリーが店の若者に訊いた。

「勝ったらなにがもらえるの? 賞品はなに?」

兄妹は棚の上に飾ってある賞品の数々をながめた。ベッツィーの目が、糊《のり》の利いたピンクのオーガンジーのドレスを着た金髪の人形の上に留まった。そして息を呑んで人形を指さした。

「うん、きれいだね。でも、ラジオのほうがいいんじゃないか?」ビリーが言った。

ベッツィーの目が一瞬ラジオの上に留まったが、また人形に戻った。

「オーケー、その人形に賭ける」ビリーがジャック・ラストに言った。「この子には、チューインガムでくっつけてるこわれた人形しかないんだ。その人形を賞品にしてくれる?」

「いいよ、おやすいご用だ」若者が言った。「ボールを三回投げて十セントだよ」

ビリーは手をポケットに入れた。十セントを一枚しっかり握っている。そして「はい、これ」と何気ない素振りで差し出した。その目はこれがポケットの中のたった一つの硬貨だったことを告げていた。

ジャック・ラストと名乗った若者は、その硬貨をなれた手つきで宙に高く投げてからポケットに入れ、ビリーに約束のボール三個を渡した。

「さあ、投げてくれ」と言うと、彼はヒョイとそっぽを向いた。

ビリーはヒトラーの顔をにらみつけ、ボールをその顔に向けて投げつけた。ボールは大きく外れてキャンバス地に当たり、土ぼこりをあげて落ちた。

カプリは少年に近寄って、「もっと強く投げるのよ」と言った。それから女の子に「お兄ちゃん、すごく球が速いのね」と笑いかけた。

「うん、お兄ちゃんボール投げ上手なの。家ではなんにでも当てるのよ」

女の子は得意そうに言った。

だが、家の外ではうまくいかないのだろうか。二番目のボールは地面に落ちた。ビリーは少し下がってひたいの汗を拭いた。

「おかしいな、いつもとちがうんだ。うまく投げられないよ」

「あたしたち、あの十セントしかないの」ベッツィーが泣き出しそうになった。下唇が震えている。

後ろからフランシアが落ち着いた声で言った。

「ほかのボールで投げてごらんなさい、ビリー。あの男の人が使っていたボールはどう?」

フランシアは棚の上に載っていたボールを取りに近づいた。

「おい、中に入るな!」ジャック・ラストが叫んだ。「あんた、自分を何様だと思ってるんだ? いい気になるな」

フランシアが軽蔑に満ちた目を向けると、ジャック・ラストは口を閉じた。

「いいのよ、坊や、ボールを投げてごらんなさい!」

ビリーは投げた。ボールはアドルフ・ヒトラーの顔の真ん中に当たった。

「さ、この子に人形をあげなさい」フランが若者に言った。

「いいや、だめだ」ジャック・ラストが断った。「この子は一回しかボールを当てていない。三回当てなきゃだめなんだ」

「最初の二つのボールは仕掛けボールだったじゃない」フランが言った。カプリは母親がこんなに怒ったのを見たことがなかった。「あんなボールじゃ、的《まと》が納屋の大きな扉だって当てることができないわ。この子に人形をあげなさい。そして仕掛けの入ったボールを始末するのよ。わかった?」

「なに言ってるんだ?」若者が肩をいからせて威嚇《いかく》した。両手を腰に当てている。「そう言うあんたはだれだ? 出ていけ。さもないと、ボスを呼ぶぞ」

フランシアは笑い出した。

「ああ、いいわよ。そうしてちょうだい」

ジャック・ラストは唇に指を二本当てて、鋭い口笛を吹いた。フランシアは棚の上から人形を取った。

「はい、ビリー。これはあなたのものよ。もう行きなさい。次のときはもっと気をつけるのよ」

「これ、ほんとうにもらっていいの？」ビリーが心配そうに言った。

「ちゃんと勝負して勝ったのだから、あなたのものよ」フランが言った。

「うれしいわ、ビリー！」ベッツィーが人形を抱きしめた。

ジャック・ラストが大声で叫んだ。

「その人形を持ち出したら、泥棒だぞ！」

フランシアは足を踏みならした。

「あなたのボスはどこ？　待っているんですよ」

その後ろで、だれかが咳払いした。フランシアとカプリは同時に振り向いた。ピンクの顔色の、二重あごでゴムのような唇をした太った男が立っていた。

「すまないが、もしその人形をどうしてもその子にやるというのなら、十ドル払ってもらおうか」

「あなたはどなた？」

「やっかいなことを起こそうというのなら、いますぐカーニバルを出ていってもらおう」

そう言うと彼はあたりに集まり始めた人々をながめ渡した。

「お名前を訊いているのですよ」フランが繰り返した。

太った男はふざけたようにお辞儀をした。その目は面白がっていた。

「私はニコラス・H・サボ。このトビー・ブラザーズ巡業カーニバルのマネージャーをしている者だ」

フランはその男の鼻先でぴしゃりと言った。

「この若者はイカサマをしていたわ。客寄せに彼が投げたボールと、客が投げるボールは別のもの。客のボールは当たらないように仕掛けがしてあるのよ」

サボと名乗った男の目が細くなった。

「ずいぶん自信がおありのようだが、証明できるのかね？」そう言うと、彼はカプリの後ろに立っていたジャック・ラストに合図を送った。

フランが言った。

「いまの合図、見ましたよ。仕掛けをしてあるボールを片づけさせようとしても、そうはいきませんよ」

サボは高笑いをした。

「奥さん、もう十分に騒いだんじゃないか。その人形と子どもたちを連れてもう帰ってくれ。いいかい、ゲートを出るんだ。戻って来るんじゃないぞ。うちのカーニバルは正直が取り柄だ。こっちはこんな言いがかりを黙って聞く必要はないんだ」

「なにが正直なカーニバル、です？」フランが言い返した。「それに、言いがかりとはなんです？　こちらのいうことをちゃんと聞きなさい。わたしはこのカーニバルの新しいオーナーですよ」

あたりが一瞬にして静かになった。サボが聞き返した。

「いまなんと言った？」

「わたしはフランシア・アボット・マッコム。トビー・ブラザーズ巡業カーニバルの新しいオーナーです」とフランはさっきのサボの言葉のパロディーで自己紹介した。「兄の死については、もちろん、ご存じよね？」

ジャック・ラストはおどおどした。

「この女、でたらめを言ってるんですよね、ボス？　警官を呼びますか？」

サボはうるさそうに若者の言葉を無視した。

「どこかで間違いがあったとみえる。私がカーニバルを買うとオファーを出したことを、ご存じないらしい」

フランはうなずいた。

「いいえ、聞いていますよ」

サボは腹立ちを隠さず、そのまましばらくフランをにらみつけていた。

「そうか」とやっと彼は話し出した。頬の筋肉がぴくっと痙攣した。「その子どもたちには人形をあげることにしよう。いや、どうも失礼しましたな」彼の口がグロテスクな笑いの形になった。「私のオフィスまでご足労ねがいましょうか、ミセス・マッコム？」

「それじゃ、さよなら、ビリー。さよなら、ベッツィー」

カプリの声を聞くと、ベッツィーは人形をぎゅっと抱きしめた。人形の金髪の毛が鼻をくすぐったらしく、彼女はくしゃみをした。

「ありがとう！　さ、ベッツィー、家に帰ろう！」ビリーが妹の手を引いた。

マッコム母娘がサボに向き直ると、彼はわざとらしくお辞儀をし、二人の先に立って歩きだした。

第四章

サボはフランシアとカプリの案内をして人々の間をかき分け、電灯で明るく照らされたカーニバルの中央部から外れに向かって歩きだした。キャンバス地の囲い幕の後ろにまわると、そこはなだらかな丘のふもとだった。どこか近くで発電機がうなっている。カーニバルの喧《けん》噪《そう》は遠くに聞こえた。ときどき空高く回っている観覧車から悲鳴が上がる。だが、近くでは草のあいだから、コオロギの鳴き声しか聞こえなかった。それと、遠くの岸辺にうち寄せる波の音も風に乗って耳に届いた。

「こっちですよ」サボの硬い声がした。「トレーラーハウスで……」

言葉は途中までで、あとはゼスチャーで示した。五、六台のトレーラーが暗闇に駐車しているのが見えた。右手には、鉤《かぎ》の形をした小さな湖がカーニバルの会場の近くまで湾になっているのが見えた。

「これは私のトレーラー。いや、その、つまり、マネージャー用のという意味だが」

そう言うと、サボは流線形で長い車体のトレーラーの鍵を開けた。

「カプリ……」フランが話しかけた。

「わたし、車のステップに腰を下ろして待ってるわ」カプリが先回りして言った。

彼女は腰を下ろす前に指でステップをなでてきれいかどうか確かめた。母親がトレーラーの中に入るのを見てから、腰を下ろし、両手にあごをのせた。夜の空気がやわらかく頬をなでる。湖から吹いてくるかすかな風に乗って、湿った霧の匂いが漂ってきた。丘の上のほうで、バケツの水を草の上に捨てる音がした。そのあとドアがバタンと閉まる音がした。突然、カプリの座っているすぐ上の窓が開く音がした。サボの姿が見え、そして声が外まで聞こえてきた。

「ということは、あんたと娘さんはこのカーニバルで暮らす、このままここに居続ける、ということかね？」サボはびっくり仰天しているようだ。まるでそんなことは考えられないという口調だった。

「そうです」フランの平静な声が続いた。「カーニバルはわたしたちに残されたたった一つの財産ですから。当然のことですが、これからはわたしがマネージャーを務めます」

サボが椅子に腰を下ろした音がした。

「ご冗談でしょう。カーニバルは女子どもの場所じゃない」

フランの声が遠くなった。体の位置を替えたのだろうか。

「わたしはこれからここをカプリと二人で経営していきますよ、ミスター・サボ」

「あんたになにがわかる？　カーニバルは素人にやれるもんじゃない。一か月もしないうちに破産しちまうさ。外から入っている出店連中は、あんたが経営者だとわかったとたんに、あんたをコケにするだろうよ。一セントも払わないだろう。どうかね、ミセス・マッコム。私にこのカーニバルを売ってくれないか？」

「外からの連中というのは、さっきのような不正直な商売をやっている人たちのことですか？　あの人たちのことなら、わたしがここの新しい経営者だということが知れ渡る前に、クビにします。ご心配なく」

「それじゃ、一か月じゃなく一週間だな、あんたが破産するのは」サボがまくし立てた。

フランシアのなめらかな声が続いた。

「それはあなたとはまったく関係ありません、ミスター・サボ。カプリとわたしはこのトレーラーに明日引っ越してきます」

「あんた、おれをお払い箱にする気か？」

「ええ、そのとおり」

サボの声が平静を装った話し方になった。

「それじゃ、メリーゴーランドは二つともなくなる。あれは私の所有物だからな。ミスター・アボットにはリースしていただけだ」

トレーラーの中でなにかが落ちる音がした。フランは小さな、奇妙な声で言った。

「それは知らなかったわ」

「いまはもうわかったわけだ」それは挑戦的な言い方だった。

「それじゃ、あなたは残って、メリーゴーランドを回してくれないかしら？」

「私だって、ここを去りたくはない」サボが言った。

フランはためらっているようだったが、しばらくしていつもの落ち着いた口調で言った。

「それじゃ、あなたには残ってもらいましょう。私はそれに文句はないわ。あなたは経験も豊富でしょうから、これからいろいろアドバイスをいただきたいわ。そう、それでいいわ。あなたには残ってもらいましょう」

だがその声は、カプリにはためらいがちに聞こえた。まるでサボのいままでの経験と押し出しと、まったく素人の自分の実力をはかりにかけているような感じだった。

「それはどうも」サボが儀礼的に礼を言う声がした。

「さて、それでは、このカーニバルについてあなたから話を聞きましょうか？」

「ああ、いいですよ」サボがそっけない口調で応えた。「知ってのとおり、これは旅芸人のショーだ。つまり、みんなトラックで移動している。あと一週間ここでカーニバルをやったら、次はオークヒルズへ、その次はタトリングミルズへ移動する予定だ。われわれは大きな町には出入りが禁止されているので」

トレーラーの外のステップに座っていたカプリはため息をついた。フランシアの微妙な変化に気がついて心配になった。サボに対する態度の変化。なぜだろう。農場にいたときは、母との仲はとても近しかった。シュー伯父ともやはり仲がよかったが、母親とカプリの間には、仲のいい姉妹のような親密な関係ができあがっていた。だが、今晩、カプリは母にその親密さが感じられなかった。カーニバルに入ったときから、フランシアがカプリから少し離れたような、そんな気がした。いままでの仲のよい親子から、威厳のある、怖い存在になったような感じだった。距離ができて、面白みもなくなった。気がついてみると、姉ではなくて、ふたたび母親だけになってしまったように思えた。

カプリはこの発見についてじっくり考えた。がっかりしたような、悲しいような気持ちになった。つまり、フランシアにとって、カーニバルを経営するのは面白い冒険を経験するということではないらしい、と思った。なぜそうなってしまったのだろうか。フランシアらしくない、と思った。フランシアはかなり深刻な状況にいるときでも、必ずなにか面白いことをみつけだす人だからだ。

たぶん、フランシアは疲れているのだ、とカプリは思った。きっとそうだ。カプリは夜空を見上げた。カーニバルのテントの上に、大きな観覧車がまるで金色の月のように止まっていた。シュー伯父の死はとても大きな打撃だった。そしてそのあと、農場も手放してしまった。シュー伯父はわたしたち母娘をほんとうに甘やかしてくれた。そしていま、母は伯父に代わって安全な暮らしを手に入れようと必死なのだ。

でも、問題はそれだけじゃない、とカプリは思った。フランはカーニバルが好きではないのだ。予想していたものとちがうのだろうか。それともわたしのせいで、母さんはカーニバルが好きになれないのかもしれない、とカプリは思った。わからない。いったいなぜ、態度が変わったのだろう。

カプリは立ち上がった。いつの間にか足がしびれていた。小さく飛び上がったり、足を引きずったりしながら、彼女は丘を降り始めた。湖からの霧が濃くなるにつれて、足元の草が濡れている。だが、乾いた小道が一本、かすかに見えた。彼女はその道を歩き続けた。後ろから人につけられているとも気がつかずに。

突然、後ろから背中を押されて、彼女は地面に倒れた。あまりの驚きで言葉も出なかった。だれかが厚手のジャケットで叩きかかってくる。

「いいか、おまえ、町の人間だな。カーニバルの中をこそこそとのぞいて歩くなと言ったのを忘れたのか？　もう一度こんなことをしたら、もっとひどい目にあわせてやるからな。わかったか？」

カプリはうなずいた。襟元をしっかりつかんでいた手が急にゆるみ、彼女はよろめいた。

「よし、立つんだ。そしてカーニバルから出ていけ」

カプリは起きあがって、深く息を吸い込んだ。だいじょうぶ、けがはしていない。膝がすりむけているのと、頭がくらくらするだけだ。骨は折れていない。すぐそばに、肩幅の広い男の姿があった。その男はいま呆然として、彼女を見ていた。

「なんだ！　女だったのか？」

「だれだと思ったの？」カプリが聞き返した。

影が動いた。木立の陰から現れたのは、十八、九の若者だった。暗闇の中で彼の顔は輪郭しか見えなかったが、カプリはそのとき初めて相手が自分と同じような若者であることに気がついた。まだあごのあたりに無邪気さが残っている少年だった。

「ごめん。間違えたんだ。入場料を払わないで忍び込んでくる子がいて、いつも湖のほうからやってくるんだ。金は持っているのに、忍び込んでくるから、てっきりそいつだと思った」彼はあごをなでた。「そうだね、おれ、ちがうと気がつくべきだった。きみはぜんぜん抵抗しなかったもの」

「あたしはびっくりしてしまっただけよ」カプリが憤然として言った。「もう少しで首の骨を折るところだったわ」

　若者は手を伸ばすと、カプリを軽々と地面から引っぱり上げた。二人は初めて向かい合い、お互いを興味深く観察し合った。彼ははっきりした顔立ちで、意志の強そうな顔をしていた。まっすぐな眉毛の下にある目は、金色のマーブルのように輝いていた。まるでギリシャ神話の巨人アトラスが、マッキノー・ジャケット（木こりたちが着た大きな格子縞の作業着）と着古した作業ズボン《ダンガリー》を着て目の前に現れたようだった。

「このカーニバルのために、悪い子を捕まえようとしたのね」カプリが言った。

　彼は肩をすくめた。

「おれ、ここで働いてるんだ。テントを張ったりする雑役として。仕事は、どこでだって同じだよ」

「雑役って？」カプリが聞き返した。

「カーニバルのためのテントを張ったりショーの舞台を作ったりする働き手のこと」

「でも、もし仕事はどこでも同じというのなら、どうしてカーニバルで働いているの？」

彼はまた肩をすくめた。

「もしかするとおれ、カーニバルが好きなのかもしれないな」

カプリは頭上に集まっているカーニバルのライトを見上げた。ひっきりなしの騒音は、まるで百のラジオがいっせいに鳴っているようだった。それぞれが別の局で、しかも少しずつ音が狂っているのだ。だが、それでも彼女の耳にはりっぱな音楽に聞こえた。

「あなたばかりじゃないわ」とカプリは夢うつつで言った。「カーニバルが好きなのはあなただけじゃない」

若者はカプリの顔をしげしげと見つめた。まるで一つひとつの造作を記憶に刻みつけるように。それから、なにも言わずにカプリに背中を向けて、木立の中に姿を消した。

カーニバルに戻るまで、カプリの耳にその足音がずっと聞こえた。それからまたあたりは静かになり、コオロギの鳴き声だけになった。梢からムクドリのするどい声がした。なにか形のないぶきみなものが小道を横切って深い森の中に入っていったような気がした。

カプリは怖くなって、小さな悲鳴を上げ、丘を登ってトレーラーハウスのほうへ走った。急に暗闇が、冷たい夜空が怖くなった。空気の中に嵐の到来が感じられる。カーニバルの音が異常に大きくなったような気がした。カプリはまるでその音から逃げるようにけんめいに走った。

第五章

サボはトレーラーハウスのドアを静かに閉めた。そして、太った男に特有のやわらかな動きでカーニバルのほうに急ぎ足で向かった。すでに真夜中に近い時間である。少し前、マッコム夫人と娘は、町のホテルに戻っていった。サボにはしなければならない仕事があった。これから行くところも、相手もはっきりしていた。実際、その仕事は、彼がもはやトビー・ブラザーズ巡業カーニバルの責任者ではなくなったと知ったときから、やらなければならないと思っていたことだった。その知らせを受けたショックを隠すのにどれほどの努力がいったか、それを知っているのはサボ当人だけだった。いまは押し隠していた怒りが、腹の中で煮えくり返っていた。

頭上の夜空をカーニバルの光が照らしている。その光の中に雨雲が浮かんでいた。さっきフランシアにこのカーニバルは破産状態だと話したが、今晩は客の入りが多かった。少しぐらい雨が降っても、明朝までにやめば、いつもどおりの収入になるにちがいない。

サボは右にも左にも目もくれずに人々の間を縫って歩いていった。ジャック・ラストの小屋にたどり着いて初めて、足を止めた。ジャックのところには先客がいた。ジャックと同年輩の若者で、背が高く肩幅も広い。動きのなめらかな男だった。あまり感情を見せない顔をしていた。新しく入った雑役係だろう。サボはその若者を前に見かけたのを思い出し、鋭い視線を走らせた。その若者がどれだけ忠誠をみせるか、わからなかった。が、彼が雑役だというだけで十分だった。肝心なのは、その若者がジャックの友人だということだ。

サボは二人に近づくと、あいさつ代わりにうなずいた。それから若者のほうに目をやった。

「席を外さなくていい。ジャックの友達は、おれの友達だ」

「そのとおりですよ」ジャックが言った。「こいつはだいじょうぶです。マット、サボさんのことは知っているな？」

マットは前に進み、カウンターに寄りかかった。

「ああ、知っている」

「よし。じつはおまえたちにやってほしい仕事があるのだ」

「仕事？　どんな仕事ですか？」マットが興味を見せた。

「あれ？　ボスは今日クビになったんじゃないんですか？」ジャックが言った。「あの小さなレディーの言ったことが聞こえなかったんですか？　『わたしはフランシア・アボット・マッコムよ！』」とまねをして、彼は高笑いをした。

マットもサボもジャックがふざけるのをながめていたが、口を利いたのはマットのほうだった。

「いまのはなんのまねだい？　このカーニバルのオーナーはサボさんじゃないのか？」

サボは唇をきつく噛んだ。

「いや、おれはオーナーじゃない」

「ああ、サボさんはここのマネージャーなんだ。オーナーは別にいて、今日新しいオーナーというのが来たんだが、これが笑わせるじゃないか、女なんだ！　どこのレディーだか知らないが、これが娘というのといっしょに来たんだ。その子は悪くないが」

「ブロンドの女の子か？」マットがおずおずと訊いた。「たぶんおまえとおれより二、三歳年下で、今夜はピンクの服を着ていた？」

今度はジャックが驚く番だった。

「そうだよ。なんだおまえ、もう会ったのか？」

マットはうなずいた。

「ああ。会ったというほどのことじゃないが」

「サボさんはこれからその母娘に絞り上げられるというわけだよ、そうですよね、ボス？」

「そうかい、それには気がつかなかったな」サボはしらんふりをして言った。「このニコラス・サボの世話になった人間は、いないかね？」

ジャックがすぐに真顔になった。

「ここにいますよ、ボス。なんなりと命令してください」

「ジャック、少しのあいだ、元の仕事に戻ってくれないか？」

「いやあ、ボス、それは困ったなあ。おれ、ここにいたいんすよ。ここの仕事は楽だし、手間賃もいい。元の仕事はしたくないんだ。警察とのゴタゴタもまっぴらだ」

サボの目が光っている。

「だが、おまえにはあの仕事がぴったりだ。金はぜんぶおまえが取ってもいいぞ」

ジャックが口笛を吹いた。

「どういうことです？　わかんないな。ボスの取り分はなくてもいいというんですか？」

サボが前に乗りだした。頬の筋肉が硬くなっている。その声は怒りに満ちて荒々しかった。

「おまえさんにトラブルを起こしてほしいんだ。たくさん、あちこちでトラブルを起こしてもらいたい。わかったか？　このことは三人だけの秘密だ。おまえが仕事をしているあいだは、この小屋はマットが代わりにやればいい」

ジャックがにんまりと笑った。

「なるほど。あんたの考えが読めた。あのレディーはスリは大嫌いだろうな」

サボがうなずいた。

「マット、どうだ？　やってくれるか？」

マットは顔をしかめた。

「ジャックのいないときに小屋をみるのはかまわないんですが……」

ジャック・ラストは友達を肘でつついた。

「文句言うな、マット、わかったな！」

サボがジャックを鋭い目で見た。

「おまえの友達はだいじょうぶじゃないのか?」

「もちろんだいじょうぶですよ、ボス。こいつはこのカーニバルのだれにも弱みをもっていませんから」

「よし。この男のことはおまえにまかせる」

サボはジャックの小屋を出た。が、そのまままっすぐに自分のトレーラーハウスには戻らなかった。あちこちの小屋をのぞいて、自分の息のかかっている者たちと言葉を交わした。

第六章

まもなく昼食の時間だった。湖畔には北風に追われた白波が次々にうち寄せていた。だが、日光は暖かく、カプリはせっけんの泡がいっぱいに立ったバケツの水を茂みに流し、泡が消えていくのをみつめていた。これでおしまい。サボという人は、一度もトレーラーハウスの床を洗ったことがなかったのだろうか。何度も水を取り替えて拭かなければならないほど、汚かった。だがいまはすっかりきれいになり、トレーラーハウスは母娘のものになった。サボは土壁の小屋に引き揚げた。

「あんたが今度のオーナーの娘さんかい？」という声がした。カプリが振り返ると、変わった格好の男がこっちをながめていた。やせた顔にまっしろい歯が光っている。カプリが笑いかけると、男は日に焼けた大きな手を差し出した。

「ドック・ブーンっていうんだ」と男は名乗った。「機械修理にかけては世界一の腕だよ。それが仕事だからね。あんたとは初めて会うね？」

カプリはにっこり笑った。

「わたしはカプリ・マッコムよ」と言って、彼女は手を差し出して相手の大きな手を握った。

彼はしっかりとそれを握り返した。

ドック・ブーンはうれしそうに言った。

「あんた、おれと同じくらい着古したダンガリーを着てるね。それに、なんて変わった名前なんだ！　舞台に出ているのかい？」

「いいえ、でもわたしの母は昔舞台に出てたのよ」

彼はなにか考えるような目つきで、耳を掻いた。

「ニック・サボはそんなことは言っていなかったな。もちろん、彼がなんでも知っているはずもないが。あんたたちがなにも知らない未経験者たちだと聞いたもので、手伝いに来たんだよ」

カプリは笑いながら言った。

「わたしたち、たしかになにも知らない未経験者にちがいないわ。ただ、だれもそれに気がついていないだろうと思っていたの。でも、手伝いに来てくれたなんて、どうもありがとう！」

「いやね、トレーラーハウスに住んでいる連中は窓からなんでも見えるのさ。連中は仲間意識が強くて、町からやってくる人間には警戒するからね。いろいろ噂が立ってるよ。それにニック・サボもまたいろいろあんたたちのことを言っているしね。あいつは自分のことしか考えないやつだぞ。あんた、おれのおふくろに会いに来なよ。会いたがっているから」

カプリはうれしくなった。丘の上のトレーラーハウスの群れはよそよそしく感じられてしかたがなかった。まるで墓場のような気さえしていた。

「ええ、よろこんで、ミスター・ブーン・ブーン」

と言って、カプリはドック・ブーンの後ろを歩きだした。

「あ、そんな呼び方はしないでくれ」と彼はさも嫌そうに首を振った。「形式的なことは、なしにしよう。おふくろとおれはこのカーニバルの生え抜きの人間さ。ここがおしまいになる日までおれたちは残るよ。ドックと呼んでくれ」

深くおい茂った草のあいだを縫って、二人はトレーラーハウスへ行った。そのトレーラーを見るなり、カプリはほかのトレーラーハウスとはちがうとすぐにわかった。ペンキが新しくてきれいだったし、ドアのそばに置いてある亜鉛メッキのバケツはピカピカに磨かれて光っていた。

「さあ、入って、入って」ドックが言った。「ママ、お湯を沸かしてくれ。頼まれたとおり、ご希望のお客さんを連れてきたよ。カプリ、言っとくがおふくろはおしゃべりだぞ」

と言って、ドックはくすくす笑った。

カプリはトレーラーハウスに足を一歩踏み入れ、ほとんど笑い出しそうになった。トレーラーの内側は信じられないくらい飾り立てられていた。器用な手がトレーラーの中をおばあさんのおしゃれな居間に変えていた。窓にはきつく糊付けされたレースのカーテンが垂れ下がっていて、飾り棚にはゼラニウムの鉢と陶器の中国犬が並べられている。そして、部屋の中央のロッキングチェアには、黒々とした髪の初老の女性が腰掛けていた。その髪は真ん中できっちり分けられ、ビーズのような黒い目は少女の目のようにいたずらっぽく輝いていた。頭から足元まで黒いケープにおおわれていて、大きな銀色の丸いイヤリングがその耳に光っていた。

カプリを見ると、ドックの母親は高い声を上げた。

「こりゃまた、驚いた！　ブーン、なんてかわいい子だろう！　やかんに水を入れておくれ、お茶をいれよう。お座り、うれしいね、こんなかわいい子が来てくれるとは！」

カプリは笑いながら腰を下ろした。

「さあ、すぐにもあんたの誕生月を教えておくれ」

カプリはその思いがけない問いに、驚いた。

「なぜです、六月ですけど？」

ドックの母親は何度もうなずいた。

「それはいい、それはいいね！　さっそく今晩あんたの運勢を見てみよう。だが、昨日は蟹座のもとでとっても縁起のいい変化の日だったのさ。あんたはいいよ、とてもいい。それで、あんたの母さんはどこにいるんだい？」

「この子の名前はカプリってんだ」ドックが小さな台所から声をかけた。

「母は町へ出かけました。ホテルにスーツケースを二つ置いてきたので、取りに行ったんです」

ママ・ブーンはうなずいた。お湯が沸いているのに気がついて、彼女は思いがけない素早さで（それで年取った弱々しい女性のふりをしていたことがバレてしまったのだが）手を伸ばし、小さなテーブルをそばに引き寄せた。

「お茶のカップをこっちにおくれ」とドックに言いつけた。それからカプリに「レモン、砂糖、クリームは？」と訊いた。

カプリは小声で答えた。

「レモンを」

カプリはほんとうは紅茶が好きではなかった。だが行儀よくカップを受け取り、スプーンで味見した。

「さてさて」とママ・ブーンはやっと心地よさそうに腰を下ろし、カプリをながめた。そして急に頭を片方に傾けると話しかけた。「それで、あんたはカーニバルをどう思うね？」

「まだ、ほんとうはなにも知らないんです」カプリは正直に答えた。

ママ・ブーンはまた椅子の背に体を戻した。

「ここは小規模の曲芸団、というところだよ。だが、あたしの言うことをよくお聞き。そろそろニック・サボは自分のメリーゴーランドを回す係に戻って、このカーニバルのマネージャー役はだれかに譲っていいときだよ」ここで彼女はくすくす笑った。「あのトレーラーハウスから彼が追い出されたのは、当然さ。いい気味だよ。あの男はあのトレーラーを選ぶのにじっくり時間をかけたものさ。いちばん大きくて、いちばん高価なのを選んだんだ。それも自分のポケットから出した金じゃなく、他人の金で買ったんだからね。あんたの伯父さんの金だよ。そうだろう、ブーン？」

「ママの言うとおりさ」ドックが言った。目が輝いている。

「あたしとブーンはずっとカーニバルで働いてきたが、いまこのカーニバルのモラルは最低だね。あんたの母さんがよくしてくれるといいが」とママ・ブーンは穏やかな口調で言った。それからカプリのほうに体を乗り出すと、秘密のようにささやいた。「ハンキー・パンキーやストロング・ゲームがおこなわれているのさ。警察の取り締まりの目が届かないところで。あたしはニックに、いつまでもパッチできると思うのは間違いだと言ってやったよ」

カプリは笑いながら訊いた。意味がわからない言葉ばかりだった。

「いったいいまのは、どういう意味ですか？」

ドックがにやりと笑った。

「ママは耳が早くていろんな仲間内の言葉に通じてるんだ。ハンキー・パンキーとは十セントかそれ以下の賭金の賭博だよ。ほら、コインを投げて番号のついたルーレットの回転円盤の中に入れようとするあのゲームなんかがそうさ。見たことないかい？ストロング・ゲームってのは、二十五セントで始まって、あとは限界なし。パッチというのは、法律をパッチ（つぎはぎ）して網の目をくぐること。サボはカーニバルの弁護士まがいの仕事もしてるんだ。ここで小屋を張る連中は、トラブルに巻き込まれないようにサボに金を払ってるのさ」

「ほかにはどんな仕事をしているのかしら、サボさんは？」カプリがおずおずと尋ねた。

「照明だろ、交通手段の用意だろ、それに小屋を張る土地の地代の徴収もやる。あとはカーニバルのポスターを張り出すアルバイトに金を払うとか。ま、そういうことはあんたの母さんがこれからはやるんだろうがね」

カプリの顔に当惑と不安が浮かんでいるのを見て、ブーン親子は噴き出した。

「そんなことはなんとかなるよ」ママ・ブーンが言った。「カーニバルは、いまんところはこのまま続けられるだろうよ。その間にあんたの母さんはペテン師たちを追い出してしまえばいいさ。あんたの母さん、きれいな人だね。あたしはきのうの晩、あんたたち二人をジャックの小屋で見かけたよ」

「それじゃ、あなたもここで働いているんですか？」カプリは驚いて訊いた。

「ママは占いをしているんだ」ドックがドライフラワーの入った鐘の形の花瓶がおかれているカウンターの後ろから身を乗り出して説明した。母親を自慢したくてしょうがないようだった。「ママはその気になればいまでも売られたケンカの相手をすることができるんだ。この年でだよ。だからって、やらせちゃだめだぞ」

ママ・ブーンは大きく笑った。きれいな陶製の入れ歯が上下二段ずらりと見えた。

「さあさあ、働きにお出かけ、ブーン。お茶はもう飲み終わったかい、カプリ？　あたしはね、いつもお茶一杯は体を温めるっていうんだよ。カップをこっちにおよこし。そう、ありがとよ」

そう言うと、ママ・ブーンはカプリが思い切って飲み干した紅茶のカップを受け取り、顔をしかめ、大げさなゼスチャーをしながらそのカップをよくよくながめた。

「まあまあ！」と大きくため息をつき、カプリのほうを見てうなずいた。「星が間違ってい
た、と言うしかないね」
「それはどういう意味ですか？」カプリが訊いた。
ママ・ブーンはカップをテーブルの上に置いて、カチンと歯を鳴らして口を閉じた。
「この先、悪いことが起きそうだ。あたしの紅茶葉の占いは、よく当たるんだよ」
「そんなことより、なにか、いいことを言ってあげておくれよ、ママ」ドックが言って、カ
プリのほうを見て首を振った。「ママはいま紅茶の葉っぱ占いに夢中なんだ。気にするなよ」
ママ・ブーンの目がカプリに据えられた。
「この子はいい子だ。あたしゃ、気に入ったね」とドックに言うと、こんどはカプリに話し
かけた。「今晩、あたしの小屋においで。ジャックの隣の小屋だよ。マダム・ゼラと看板が
出ている。あたしのことさ。なんのごまかしもない。ちゃんとした占いをしているよ。さて、
それじゃ、そろそろ着替えようかね」
そう言って、ママ・ブーンは立ち上がった。長いスカートがまるで水の流れのような音を
立てた。それから彼女はカプリの手に指を一本立てた。それは、もう帰ってよろしいという
合図だった。まるで女王のようだ、とカプリは思った。そして思わず左足を引いて腰を深く
下ろしておじぎをしそうになったが、なんとか我慢し、笑顔で応えた。
「もうだいじょうぶだ」と、ドックはカプリを送り出しながら言った。「あまり自慢してい
るように聞こえちゃ困るが、ママに気に入られれば仲間として受け入れられたも同然だ。あ

んたのことは気に入ったようだ。すぐにみんなと知り合いになるよ。ま、いいやつらと、という意味だが」

「悪い人たちが、いるの？」カプリが訊いた。

ドックは愉快そうにカプリを見た。

「あんた、ほんとうにカーニバルを知らないな。教えてやろう。ここにはくだらない連中もたくさんいるよ。ママがさっき言ってたのは、そういうことさ。いいやつも悪いやつもいる。だが、ニック・サボはそんなことはおかまいなしだ。そういうことさ。上納金を払ってくれれば、どんなやつだって雇うんだ。だれもがあんたから甘い汁を吸い上げようとするだろうよ。だが、いいか、そういうときは、あんたはカーニバルの内輪の人間だ、というんだ。そう、内輪の人間だとね。それでわかるはずだから」

「悪い人たちって、だれのこと？」

「それは」とドックは肩をすぼめた。「信用できない連中のことさ。ここに一週間いたら、すぐにまた次に移る。イカサマをして、荒稼ぎしようというやつらだ。そんなやつらはだれかが〝ファズ〟に知らせたときのために、車をテントのすぐ後ろに止めてるんだ」

「ファズ？」

「ああ、カーニバル付きの警官の隠語さ。必ずひとり、配置されている」

「ふーん。悪いやつって、それじゃ、ジャック・ラストのような人のこと？」

仕掛けボールでイカサマをしていた男のことを思い出して、カプリは訊いた。

ドックは口ごもった。

「ジャックか。いや、あいつはまあ、だいじょうぶだよ」と言い、咳払いした。「いいか、カプリ、よく聴くんだ。カーニバルにはどこか薄暗いところがなきゃだめなんだ。ポップコーンだけで金は稼げないからな。人はペテンにかけられるのを楽しんでいるんだよ」

カプリは後でゆっくりこのことを考えようと思った。まだここでの暮らしが始まったばかりなのに、これでは先に進めない。

「いいかい、おれはこれから変電機をチェックしに行かなければならない。いっしょに来るか？」

カプリはぜひそうさせて、とたのんだ。

昼間の光で見ると、カーニバルは子どものように無邪気に見えた。全体が小さく、おとなしそうだった。おがくずがカーニバル会場に新しく撒かれ、キャンバス地の壁に塗られたペンキが剝げているところがそこここにあったが、派手な色合いが日の光で見るともっときれいで、それほどみすぼらしく見えなかった。

大きな赤い車輪のカートに積み込まれた発電機は十分に油がさされ、すでに低く音を立てていた。目を上げてカーニバルの中央部をながめると、ニック・サボが自分のメリーゴーランドを見上げていた。鏡に日光が当たって輝いている。メリーゴーランドが回り始めると、陽気な音楽が響いた。が、それが突然止まったかと思うと、サボがカプリに気がついて、笑いかけてきた。カプリはうなずいてそれに応えた。

「こっちがママの小屋だ」ドックが自慢そうに言う声がした。見るとその小屋はママ・ブーンそっくりだった。こじゃれていて、きれいな文字の看板が、客を薄暗い小屋の中に誘っていた。

「さあ、こっちがダンシング・ガールズたちのテントだ」ドックが言った。「踊りは昨日の晩、見たかい？」

カプリはうなずいた。ちょっとためらったが、無知に聞こえることを承知でおそるおそる尋ねた。

「あの人たち、ほんとうにハワイから来たの？」

ドックが膝を打って笑った。

「いいや、困ったなあ。あっ、モリーがいる。あの子は昨日のショーでも踊っていたよ。さ、ほんとうにハワイから来たかどうかは、自分で判断すればいい。モリー、これは新しいオーナーのお嬢さんだ」

モリーはサンデッキに寝そべっていた。カプリを見上げて笑いかけた。赤毛が片目の上に垂れかかっている。

「ハワイ？　一度も行ったことないわ。でも、行ってみたいけどね。この人を案内して歩いてるの、ドック？」

「そうさ。さしずめ公式案内人というところだな。このモリーは、前はブロードウェーで歌っていたんだが、声が出なくなっちまってね」とドックが言った。「とびきりうまかったたんだが」

「ま、お世辞がじょうずだこと！」モリーがうれしそうに言った。

「ほんとうなの？」カプリが歩きながら訊いた。「彼女、ほんとうにブロードウェーで歌っていたの？」

「そうだよ。コーラスガールだったんだ」ドックが言った。「いろんなショーでリードボーカルを歌っていた。歌も踊りもだよ。彼女は特別だった。彼女が出るショーはどれも大ヒットをとばしたから、プロデューサーから引っ張りだこになった。ショーが当たるお守りのような存在になったんだ」ドックはうわのそらでカーニバル会場の上に落ちていたロープの切れ端を蹴った。「だが、ほんとうのことを言うと、声をなくしたんじゃないんだ。彼女はルックスをなくしてしまったんだ。病気でね」ドックはため息をついた。「そういうことでカーニバルに入って来る人間は多いよ。人生、浮き沈みがあるからね。たいてい、沈みのときに、やってくるんだ。また、人生から閉め出されたとき、とかにね」ここで彼は唇をゆがめた。「夏に金を稼いで、その金を全部冬には使い果たしてしまうような暮らしなんだ」

「ドックはどうなの？」カプリは訊かずにはいられなかった。

「おれかい？」彼はにやりと笑った。「おれはそんな中には数えられない。カーニバルで小屋を張っているわけじゃないからね。おれは機械屋だ。ママがここにいるから、ついてるだけだよ」彼の笑いが深まった。「ママは親父が死んだとき、この仕事から引退したんだ。そしてアルバニーに小さな家を買って、そこで死ぬまで平和に暮らすはずだった。ところがある日、もうこれ以上一日もそこにいられないと言い出した。それでおれたちはこのカーニバルに入った。ママはハッピーさ。おれはまあ、彼女の面倒を見るためにいっしょにいる、というわけ」

「すてきじゃない？」カプリが言った。

「ああ、まあ、うまくいってるよ」ドックは目の上に手をかざすと、遠くをながめた。その視線の方向を見ると、見覚えのある人物がカーニバル会場の真ん中でロープを巻いている姿があった。

「メリーゴーランドのそばに立っている男の人はだれ？」カプリが訊いた。

ドックが鋭い視線を向けた。

「雑役係のひとりだよ。知っているのかい？」

カプリはうなずいた。

「ええ、きのうの晩、話をしたわ」

ドックは気に入らないようだった。

「あれはジャック・ラストの友達だ。たしか、マット・リンカーンとかいったな。ハーイ、マット！」

ドックが声をかけた。

ドックの声を聞いて、まくり上げたタートルネックのセーターの袖を下げながら若者がやってきた。軽快で、気持ちよさそうな足取りだった。乱れた髪の毛は日の光で色が薄くなっていて、顔がだいぶ日焼けしている。

「はい？」と彼は少しかしこまって訊いた。

「新しいオーナーの娘さんが、あんたに会いたいとさ。カプリ・マッコムさんだ」

マットはなにも言わずに行儀よくその場に立った。その顔はドックにもカプリにも関心を見せない。カプリはドックとその若者のあいだにある敵愾心《てきがいしん》を感じずにはいられなかった。

「さて、これでよし、と」ドックが言った。「もう、行っていい」と若者に言うと、歩きだしてカプリに話しかけた。「ああいう連中には気をつけたほうがいい。親切にしてやる必要はない。根性の腐ったやつらだからな」

カプリは振り返った。マット・リンカーンもまた振り返って自分たちのほうを見ているのが目に入った。いまのドックの言葉が全部聞こえたかもしれない。カプリは顔を赤らめた。

「あ、あんたの母さんがやってくるぞ」ドックが言った。

カプリは入り口のほうを見た。フランシアがゲートから入ってくる。体によくあったスラックス姿で、シックに見えた。その後ろからスーツケースを抱えた少年が歩いてくる。母親の姿を見て、カプリは興奮で体が震えた。新しい知り合いができた。これから夜の興行がまさに始まろうとしている。カーニバルがふたたび目覚めようとしている。そしていまフランシアが町から戻ってきた。これらすべてがカプリを満たした。家《ホーム》に帰ったような気がした。まだ知らないホーム、だけど面白そうなホームだ。

第七章

「いま、わたしたちがしなければならないのは」とフランシアが言った。「ダンシング・ガールズをクビにすること、それから賭事をする小屋を取り払うこと」

カプリは開け放たれたドアに寄りかかって、指先で足もとの草をもてあそんでいた。その後ろではフランシアがトレーラーの一隅に作った小さなオフィスで仕事をしていた。机の上には一束の書類があり、フランシアは仕事をてきぱきとこなしている辣腕《らつわん》オーナーのように見えた。

「フラン」カプリが夢見心地で言った。「パッチするって言葉、知ってる?」

「ええ、もちろん知ってるわ。たとえば服につぎを当てること」フランシアがうわのそらで応えた。

カプリはにっこりして首を振り、それから、トレーラーのステップに腰を下ろした。

「クビにした人たちの代わりに、新しい芸人を入れるつもり?」

フランシアは眉を寄せた。

「ええ、候補者はたくさんいるわ。聞いてちょうだい、カプリ。モーターバイク・ショーをやれる人たちが仕事を探しているわ。とびきり上手な乗り手たちよ。カーニバルにはにぎやかな音が必要なのよ。モーターバイクはものすごい音を立てるから、ぴったりよ。そのうえ、彼らは上手なの。ほんとうはこんなところに来るような人たちじゃないんだけど」

カプリは笑った。

「なに、いまの、こんなところ、って？」

フランシアは顔をしかめた。

「サボやシューがなぜここでお金を稼ぐことができなかったか、あなたにももうわかってるでしょう？」

「そのモーターバイク乗りの人たち、なにをするの？」

「その人たちはまず、バイクを走らせるレースコースを持ってくるの。円形競走場よ。そして、その壁をバイクで走るのよ。手放しで」

「そんな人たちに、こんなに小さなカーニバルに来てもらえるの？」

「ええ、いいお金を払うことさえできれば。お客さんがたくさん来るでしょうよ！」フランは机の上の書類をまさぐった。「それからもう一つ、呼びたい人がいるの。三十メートルの高さから一メートル八十センチの深さの小さな水槽に飛び込むことができる人よ。こんなアトラクションが出せたらいいと思うのよ」

「そんなの見たくない」カプリはぶるんと体をふるわせた。「そんなことしたら、きっと死んでしまうわ」

フランシアは書類から目を上げて、椅子に寄りかかり、目を閉じた。

「モーターバイク・ショーの一座に電報を打ちましょう。キャプテン・サウスランドという人が座長よ。ああ、カプリ」フランシアは目を開けた。「このカーニバルの悪評を一掃することができたら！　そしたらわたしたち、カナダシティのような大きな町でテントが張れるのに。そうなったら、お金だって稼げるでしょうよ！」

カプリは静かに言った。

「フラン、ほんとうは、このカーニバルが嫌いなんじゃない？」

鉛筆を持っていたフランシアの指が固まった。

「そうね、残念だけど。ここはほんとうに下品なんですもの。いますぐにも一掃したいわ。雑役の手伝いをする男たちなんて、まるでごろつきじゃない？」

これを聞いてカプリはショックを受けた。

「そんな！　それは間違いだと思うわ、フラン。話をしてみるとみんな礼儀正しいし、気持ちのいい人たちよ」ここでカプリはためらったが、言葉を加えた。「少なくとも、中のひとりは」

「あなたになにがわかるの、カプリ。ずっと守られた暮らしをしてきたあなたに」

カプリの頭にアイディアが浮かんだ。

「フラン、ここはとても暑いわ。仕事を一休みして、カーニバルの中をちょっと歩いてみない？」

「もっといい考えがあるわ。湖に泳ぎに行きましょうよ」

「ううん、カーニバルの中を歩く方が先よ。わたしたち、まだ半分も見ていないもの」

フランはカプリに近づき、正面から見据えて言った。

「わたしにカーニバルで働いている人たちに会えと言っているのね、カプリ？　でも、それはできないわ、悪いけど。第一に、わたしはその中の一部の人たちを二十四時間以内にクビにしようとしているのよ。第二に、彼らとはできるだけかかわりたくないの」

「フラン！」

フランシアの目がやさしくなった。

「驚かないで、カプリ。でもわたしはあなたのためにいちばんいいと思うことをしているのよ。わたしたちがここにいるのは、お金を稼ぐため。楽しむためとか、新しい生活を始めるためではないの。このカーニバルは目的のための手段なのよ。正直言ってあなたにも、ここの人たちとは付き合ってほしくないわ」

「でもフラン、なぜ？」カプリが驚いて訊いた。

フランシアは答える前に少しためらった。それから決心したようにしっかりした口調で言った。

「なぜなら、あの人たちはちがう生き方をしているからよ。あなたがそれにたやすく慣れてしまうのじゃないかと、わたしは恐れるの。簡単な生活じゃないのよ、カプリ。外見的には面白そうに見えるかもしれないけど。あなたのためには、わたし、いろんな計画を立てているの。いえ、あなたとわたしのため、と言うほうがいいわね。でも、わたしはあのような生活をほんとうに長い間送っていたから、それがどんなものか、骨の髄まで知っているのよ」

「でもフラン、わたしにもいろんな経験をさせて！　まだ十五歳なんだから！」

フランシアは首を振った。

「わたしがあのキャリアを始めたのもそんな年だったということ、忘れているでしょ。十八歳でわたしはニューヨークの人気者、二十一でヨーロッパを巡業していたわ。あなたには、ぜったいあんなまねはさせたくないの」

カプリは母親の真剣さに顔をしかめた。

「それでもまだ、わたしには納得できないわ。だって、わたしは歌うことも踊ることもできないもの。歌えば音程が狂ってしまうし。わたしがあのような生活にはまってしまうのを恐れる必要なんてなにもないじゃない？」

「わたしがなぜそれを恐れるのかと言うのね」フランは唇を噛んだ。「その理由はまだ言えないわ。でもわたしがそれを恐れていることを忘れないで」

そう言うと彼女は娘に横顔を見せて、書類の整理を始めた。カプリは話の続きを待った。が、フランシアは彼女のほうを見向きもしなかった。もう話をするつもりもないのだ。カプリは小さなため息をついて、その場を離れた。

カプリは髪の毛を、まるで磨かれた金のようにピカピカに光るまでブラシした。白いブラウスに真っ赤なスカートをはいている。その目はカーニバル会場から聞こえるにぎやかな音に輝いていた。昨晩まではまだ単なる訪問者に過ぎなかったが、今晩はマッコム母娘が、カーニバルの新しいオーナーであることを祝う行事が予定されていた。

ママ・ブーンは自分の小屋の前に座って、足を止める人々を待っていた。紫色のサテンのガウンを身にまとい、耳には肩まで届きそうなほど大きな緑色のガラスのイヤリングをしている。カプリはその姿がエレガントだと思った。テントの入り口を照らす薄暗いランプの下で、ママ・ブーンはまるで中世の妖術師さながら、あやしげな悪賢い力を蓄えているように見えた。

「あんたの運勢を占ってあげようか、カプリ?」ママ・ブーンが声をかけた。「ただで見てあげるよ。人寄せになるからね」

カプリはにっこり笑った。

「あとでね。まず見て回りたいの。まだ蛇を見ていないのよ」

ママ・ブーンはうなずいた。

「それじゃ、三十分後に。おいしいお茶をいれておくよ」

カプリはママ・ブーンに気づかれないように首を横に振って、前に進んだ。蛇の小屋の前まで来ると、入り口の若い男に入場料を払った。その男は帽子をわざと頭の後ろにずらしてかぶっていた。ガラスの檻の中の蛇をしばらく見てから、カプリは若者に訊いた。

「これ、一度も逃げ出したことないの?」

男は無表情のままカプリを見下ろした。両手を腰に当てている。

「それがどうした？　おまえさんに関係あるのか？」と男が言った。

カプリは急にいたずらしたくなり、彼に近づくと小声で言った。

「ファズはどこ？」

「なんだって？」男が聞き返した。

「なんでもなーい」

男が大きな口をあんぐり開けているのを後目《しりめ》に、彼女はほかの客に混じってまたカーニバル会場を歩きだした。

会場の真ん中まで来たとき、彼女は足を止めた。ほかにもたくさんの人が立ち止まっていた。貧しい身なりの女の人が、ルーレットで当たりに当たって、情けない顔をしているその小屋の主《あるじ》の男から賞金や賞品を受け取っているところだった。

「中に入って、番号を選ぶだけだよ」男が単調な声で客に声をかけた。

その女の人はまた賭けた。

「十三番」

カプリの隣に立っていた客が心配そうに言った。

「よしゃいいのに。もう十分に当てたんだから」

その声が聞こえたらしく、女の人は男をじろりと見ると、繰り返して言った。

「十三番よ」

ルーレットの回転円盤が回りだした。人々のあいだに小さな興奮のさざ波が走った。カプリもその波に呑み込まれた。円盤がしだいに速度を落とした。十二に止まりそうだったが、しまいに十三のところで止まった。

「すごいな、また勝ったぞ、彼女！」隣の男が言った。群衆は喜び、口々に彼女の運を祝った。どの人もこの貧しそうな女の人に同情して、彼女が勝ったのを喜んでいるのだ、とカプリは思った。みんな、女の人の洗いざらしの服、履き古した靴、そして抱きかかえているかわいい赤ん坊に同情しているのだ。すると、その女の人はまた声を張り上げた。

「十三番！」

その声を聞くと、群衆はわれ先に賭金を十三番においた。カプリは息を呑んだ。その女の人はいままで勝った金全部を賭けたのだ。恐ろしい疑いが頭をもたげた。ドックはなんと言っていたっけ？　ストロング・ゲームは二十五セントの賭金で始まる。それはいかさまゲームだ。

気がつくと、カプリは声を上げていた。

「気をつけて！　全部のお金を賭けないで！」

するとだれか言った。

「静かに」

見上げると、そばにマット・リンカーンと呼ばれた若者が立っていた。

「ちょっと、いっしょに来てくれ」と彼は言った。

カプリはおとなしく従った。振り返ったとき、マットの顔に困ったような笑いが浮かんでいた。

「あの小屋の主人はヴィンシー・ネブスというんだ」彼はカプリにそう言った。カプリがうなずくと、話を続けた。「賭けていた女の人は……、グラディス・ネブス」

カプリは息を呑んだ。

「奥さんなの？」

「そうだ。彼女はカーニバルの人たちの言う、サクラなんだ。客のふりをして、客を引っ張りこむ役だよ。客寄せのエサだ。夜になっても彼女はあそこにいて、大儲けしたり、ときどきすこし負けたりしているよ。口を出す前に、そういうこと全部、わかってなくちゃ。いままでカーニバルで働いたことないの？」

彼女の怒りを見て、彼はすこし笑った。

「メリーゴーランドはイカサマじゃないよ。それに鞭使いも。観覧車、ループ・ザ・ループ（往復型の垂直ループコースター）、それにフープラ（輪投げ）もイカサマじゃない。もちろん、ポップコーン、アイスクリーム、綿飴の屋台もごまかしはしない」

カプリは急に知りたくなった。

「ネブスという人は、どうやっていつも奥さんのいう番号で円盤を止めているの？」

「ああ、それに気づいていたんだね」と言って、彼は声を低めた。「テーブルのまわりにトリックがあって、それを押すことでコントロールしているんだ。円盤が載っているテーブルに仕掛けがあって、テーブルに微妙にのしかかることで希望の番号に止めることができる。外じゃなくて、小屋の中でやるほうが簡単なんだけどね。カウンターの下のボタンを踏むだけだから」

「ひどいわね」カプリが憤慨した。

マットは肩をすくめた。

「競馬には昔から八百長があった。いまでもまだそんなところがあるんじゃないかな？　プロレスを観たことある？」

カプリがうなずいた。

「ええ、一度。シュー伯父さんとニューヨークで」

「プロレスの勝負の多くがヤラセだってことはみんなが知っている。」マットはカプリの憤慨ぶりを面白がって言った。「だけど観衆はそんなこと、かまやしないんだ。それを含めて面白い、興奮する、スリル満点なんだ」

「でも……」

「いいかい？」マットが真顔で言った。「小屋の前で足を止める人たちはなにを求めていると思う？　金のかからない楽しみを求めているんだ。十セント、二十五セントを賭けて、十ドル儲けようとしているんだ。簡単に儲けられそうなエサに飛びつくのさ。彼らがどうして足を止めるんだと思う？　小屋の前を通り過ぎて観覧車に乗ればいいじゃないか？　彼らはなにか興奮すること、スリルを求めているのさ。でなきゃ、なぜカーニバルにやってくるんだ？」

「そう、あなたはイカサマ勝負を擁護しているのね？」

マットはまた肩をすぼめた。

「いいじゃないか。人生なんてそんなものだよ。もしデタラメじゃなかったら、おれなんかにチャンスなんてない」

カプリは考えながら言った。

「でも、イカサマはもう、ここではおしまいよ。母さんがいま新しいアトラクションを探しているの。いまごろはモーターバイク・ショーの一座に電報を打っているわ。それと、三十メートルの高さから水槽に飛び込むアクロバットの人にも」

マットがすばやくカプリの手を取った。

「ほんとうかい？」

カプリがうなずいた。いつもの無表情さが消え、マットが興奮しているのを見て、彼女は不思議に思った。三十メートルの高さから飛び込む人の話が原因のようだった。マットが深く息を吸い込んだ。

「やっぱりしばらくここにいて、様子を見ようかな？　もしかすると、おれが間違っていたのかもしれない、あのことは……」

「あのことって？」カプリが訊いた。

マットは頬を赤らめた。

「それは……、きみのお母さんのことなんだ」

「へえ、わたしの母のことをあなたはどう思っていたの?」

マットはため息をつき、焦っているような、変なジェスチャーをした。失礼なことを言いたくない、すぐにも自分の軽率さを謝らなければならないというように。

「きみの母さんって、昔、フランシア・アボットとして鳴らした人だろう? じつは親父から聞いているんだ」

「あなたのお父さん、母のこと、知っていたの? いつ、どこで?」

「きみの母さんは覚えていないと思うよ。大昔、ザ・パラスという一座できみの母さんと親父はいっしょに働いたことがあるんだ。ただ親父はとちゅうで興行宣伝のほうに移ったんだ。アクロバット芸人だったんだけどね。きみの母さんと伯父さんは、トップ番付の芸人だったそうだよ」

カプリは驚き、目を輝かせて話しかけた。

「あなたのお父さんもボードビリアンだったのね! それで、いまはどこにいるの?」

マットは苛立った様子で答えた。

「シカゴ。ボードビルが下火になって、仕事がなくなっても、親父は運よく別の仕事に就けた。しばらく土木関係の仕事をしていたが、いまは夜の警備員をしているよ」

「まあ、お気の毒に」カプリはしゅんとなって言った。

「それがショービジネスなんだ」マットが肩をすくめた。「アクロバット芸人なんて、掃いて捨てるほどいる。だからおれもここにいるんだ」

カプリは息を呑んだ。

「あなたもアクロバット芸人になろうとしているの？」

マットはうなずいた。それからにっこり笑った。彼の笑顔を見たのは初めてだった。笑うと顔がすっかり変わった。眉のあたりのいかめしい感じが消え、もっと若く、もっと傷つきやすく見えた。

「でもいまは、この筋肉でほかの仕事をして、パンを稼いでいるんだ」

彼らは互いに笑顔で向かい合った。友だちになれそうな気分だった。だが、マットはまた顔を曇らせ、肩をいからせて顔をしかめた。

「もう行かなくちゃ」

「いま？」言葉がカプリの口から勝手に飛び出した。

彼は唇をかみしめた。

「きみに話をしたりしなきゃよかった。おれのことなんか、知りたくもないだろう？　どうせ雑役係なんだから」彼の口角が下がった。「雑役係は他人様《ひと》に話しかけたりしちゃだめなんだろう？　ドック・ブーンが言ってたこと、聞かなかったのかい？」

「ドックが……？」カプリはしどろもどろに言った。

「ああ、彼が外で言っていたこと。きみだって、聞いただろう？　おれに聞こえるように、わざと大声で言ってたっけ。いや、心配しなくていい。あんなやつとはおれ、関係ないから。

どうせあいつはおれのことをよく思っていないんだ。きっと、正しいだろうよ」

カプリは体を硬くした。

「あんなこと信じるの？　わたしはだれであろうと、自分が話したい人に話しかけるわ。そんなこと、わたしの勝手でしょ、そうじゃない？　そう思わない？」

彼は肩をすぼめた。

「そんなこと、おれの知ったことじゃない」

「そう？　でも誰に話しかけようとわたしの勝手。これからもそうするつもりよ」

まるで石の壁に向かって、鳥の羽を投げるようなケンカだった。マットは大きく、微動だにしなかった。だがカプリは彼の目が細かく動いたのを見逃さなかった。もしかすると、彼女の言葉が心に響いたのかもしれない。

「ジャックの小屋番をする約束があるんだ。もう行かなくちゃ」そう言ってから、彼はちょっとためらい、付け加えた。「ほんとうに約束したんだ」

カプリは、初めて彼を見たときと同じように、彼が軽快でなめらかな足取りで人のあいだを縫って消える背中を見送った。それから彼女もまた人込みに入り、マダム・ゼラのテントへ急いだ。そこでマダム・ゼラから、背の高い金髪の若者と海の旅行には気をつけるがいいと忠告されたのだった。

第八章

カプリは翌日の朝十時に目を覚ました。カーニバルの人々にとってはとんでもなく早い時間だと思いながら。そんなわけで、ドック・ブーンが急ぎ足でカーニバルのほうから丘を登ってくる姿が見えたときは、意外に思った。ちょうどミルクを一杯飲み干したときに、トレーラーハウスのドアにノックの音がした。

「だれ、こんな時間に?」フランシアが机から顔を上げた。

「ドック・ブーンよ。なにか、急な用事があるみたい」とカプリは目を輝かせた。

「おはよう、カプリ」ドックがまずカプリに声をかけた。「あんたの母さんにすぐに会わなくちゃなんない」丘を登ってきたために、少し息が切れていた。

「どうしたんです?」フランシアが戸口に出てきた。

「あ、おはようございます、ミセス・マッコム」ドックはキャップを持ち上げ、深く息を吸い込んだ。「ちょっと問題が起きました。さいわい深刻な事態には至りませんでしたが」とカプリの心配そうな顔を見て、ドックは付け加えた。「トラックが一台、燃えだしたんです」

フランシアが腰を下ろした。

「話してちょうだい。もう火は消えたの？」

ドックがうなずいた。

「ええ、でも危ないところでしたよ。私はいつもより早く目が覚めたので、どんな天気か見るためにロールカーテンをあげたんです。ここに来てからの習慣でしてね。カーニバルは天気に左右されますからね。それで、丘のふもとから煙が上がっているのが見えたんです。すぐに起きて駆けつけましたよ」

フランシアが笑顔になった。

「それはどうもありがとう。すぐに行ってみます。被害はどのくらい？」

ドックが首を振った。

「大したことはない。午後私が元通りにしておきますよ」

フランシアはそのままドックをみつめた。話が終わっていないことは彼の様子でわかった。しまいに彼は咳払いして、気になる話を打ち明けた。

「不審火です」

「えっ、不審火？」カプリが聞き返した。

ドックはよく訊いてくれたというようにカプリのほうを向いた。

「そうだよ。わざと火をつけたんだと思う」

「そんなことあるはずがないわ！」フランシアが叫んだ。「なんの根拠もなく、そんなことを言わないでちょうだい！」

「火の回り方から見て、わかるんです」ドックは譲らなかった。「火の拡がり方が不自然です。小さな火が数か所から上がっていて、一つが消えるともう一つが燃え出す、というぐあいでした。気になるのは……」

「なに、ドック？」カプリが訊いた。

彼は顔を赤らめた。

「昨日の晩遅く、解雇通知が発表されて、ここで働いている人たちの多くは、今週でおしまい、来週は仕事がないと知らされたわけです。サボがその知らせの紙をみんなに渡しているのを見たんです。がっかりしたり怒っている人が大勢いました」

「フラン、知ってた？」カプリが訊いた。

「もちろん。それを書いたのはわたしですもの。座ってくださいな、ブーン」とドックに言うと、フランシアはカプリに向かって興奮して話し出した。

「カプリ、あなたをびっくりさせようと思って、今日まで黙っていたのよ。モーターバイク一座のキャプテン・サウスランドは、来週からうちのカーニバルに出てくれるのよ！」

「キャプテン・サウスランド？　聞いたことがあるな」ドックが言った。

「よかったわね、フラン」

フランシアはうなずいた。

「それを知らせたときのサボの顔を見せたかったわ」

今度はドックのほうを見て、フランは早口で言った。

「サボはわたしたちにそんなことができるはずはないと、否定的だったのよ。でもカプリ、もっとあるの」

「なに？」

フランシアの顔が輝いていた。

「いろいろ問い合わせたのよ。次の巡業先はオークヒルズだということ、知ってるわね。だけど……」フランシアは身を乗り出して話し出した。目が躍っている。「偶然に知ったことなんだけど、来週、カナダシティのカーニバル開催地が空いているのよ」

カプリの口が驚きでぽっかり空いた。ドックさえ、興奮したようだった。

フランシアは得意げにうなずいた。

「いまのショーが終わったら、わたしたちにカーニバルをやらせてくれるって！　考えても見てよ、カプリ、カナダシティは大きな町よ！」

ドックが心配そうに言った。

「少し急ぎすぎやしませんか、ミセス・マッコム？　うちのカーニバルは、ちっぽけなものですよ」

フランシアは首を振った。

「急いで行動しなければならないの、破産しないうちに」

彼女は立ち上がって、トレーラーハウスの中をいらいらと行ったり来たりし始めた。

「あなたにはわからないかもしれないけど、カプリとわたしにとっては、このカーニバルがすべてなの。このシーズンが十一月で終わったときには、来年の三月にまたカーニバルをオープンするまで、冬を生き延びるだけのお金を貯めていなければならないのよ。大胆でなければならないの、野心的でなければならないのよ。こんなカーニバルなんて、なにかあったらかんたんに潰れるわ。お金は大きな町にあるのよ、知っているでしょう？　ミスター・サボが満足しているような小さな町ではだめなのよ」

そこまで言うと、フランシアはいったん口を閉じたが、思い切ったように頭を上げて言った。

「いつか、このカーニバルをアボット・アンド・マッコムと呼ばせたいわ。その名前にふさわしいほど、いいものにしたいのよ」

ドックが首を振った。

「それはきっと無理でしょう」

フランシアはそれを聞いて驚いたようだった。

「なぜ？」

ドックは笑顔で立ち上がった。

「いや、私は協力します」と言って、大きな手を差し出した。「おふくろもそうしますよ。これを聞いたら、きっと喜びますから。私としては、向上を目指すカーニバルにいるのは、いいと思いますよ。とてもいい。それを覚えていてください」

「ええ、覚えておきます。ありがとう」と言って、彼女は握手した。

「さて、火事のことですが、詳しく調べますか？」ドックが訊いた。

「いいえ、そのことについては、あなたの疑いは根拠がないと思うので、別に調べる必要はないわ」

「でも、フラン」カプリが口を出した。

フランシアは首を振った。

「いいえ、カプリ。今日の閉場時間に気をつけてよく見回りをするようにサボに注意するだけで足りると思うの。きっと、不注意に草の中に捨てたタバコの火が原因よ。大げさに騒ぐことはないわ」

「それじゃ、私はこれで」と言うと、ドックはドアを開けて出ていった。

「わたし、ちょっと行って見てくるわ」とカプリは言ったが、フランシアはすでに書類の山に向かっていた。

カーニバルの壁の一部になっていた真っ赤なトラックの色はもはや識別がつかない色に変っていた。トラックの脇腹に書かれたトビー・ブラザーズ巡業カーニバルという看板の文字はほとんど読めなかった。さっきドックは数時間ですっかり修復できると言っていたが、とてもそうは思えなかった。

「やあ」という声が後ろから聞こえた。「こんな時間に起きていて、外にいるのは、おれたちだけだろうね」

カプリが振り返って声の主を探すと、棚にぬいぐるみの猫を飾った小屋の中に男がひとり見えた。前の晩、カプリはその男を何度か見かけていた。ママ・ブーンはたしかこの人をアーチーと呼んでいた。愛想のいい男で、まっ黒に染めた髪にポマードをつけて後ろに掻き上げていた。顔色はピンクでなめし革のような肌、そしてあごが長かった。上手に年齢を隠しているが、ママ・ブーンはたしか、六十歳近いはずだと言っていた。

カプリが近づくと、男が訊いた。

「そのトラック、なにがあったんだ？」

「火事よ。ドックが消してくれたの。あなたはアーチー・ラーチさんでしょう？」

「そうだよ。あんたの名前はたしか変な名前だったな」

「ええ、カプリというの」

アーチーはうなずいた。

「あんたの名前は覚えなくてもいいんだ、おれは。来週はもうここにはいないからね。しかし、なかなかキュートな名前だね」

カプリは彼の背中の後ろの棚にきれいに並べられたボールを見た。奥のほうに、ここからは陰になっていてほとんど見えないが、客がボールを投げる猫の的が一列に並んでいる。

彼女の訊きたそうな視線を感じたのか、アーチーはしゃべりだした。

「いいや、おれのゲームは賭事勝負ではないよ。だが、まったくごまかしがないというわけじゃない。いくつもの猫にボールを当てる客がいたら、おれはこのボタンを押す。そうだ、このようにね。すると棚の後ろに猫を押さえつける仕掛けが働いて、残りの猫にボールが当たっても落ちないようにするんだ。後ろに回って、見てもいいよ。猫はあんたがその上に座りでもしないかぎり、棚から落ちないようになっているんだ」

「そうなの」

「そういえば、ゆうべあんたの母さんからクビ切り通知を受け取ったよ」彼の口調が不快そうになった。「まあ、仕方がないと認めるよ。おれの場合、このビジネスを始めてからまだ一か月で、じつはあまり好きじゃないんだ。あんたの母さんは一生懸命だ。女はたいていごまかしが嫌いだからね。あんたの母さんも汚いものを一気に掃除しようとしているのさ。おれのようなへまなやつはほしくないだろうよ。当然だ」

「でも、あなたはこれからどうするの？」

「それはだいじょうぶ。なんとかやっていくさ。あんた、おれが何歳に見える？」

「四十歳ぐらい？」カプリは大胆なうそをついた。

アーチーは満足そうにうなずいた。

「四十の男には、仕事はいくらでもあるさ」

「でも、たとえばなに？」カプリが食い下がった。

アーチーは肩をすくめた。

「そうさね、たとえばマジックとか。昔はこれでけっこういい線までいったものだよ。だが、若い連中に追い抜かれた。また、おれは新しいやり方を学ぶチャンスがなかった。おれは昔風のやり方しかできない。言ってることがわかるかい？」そう言うと、彼はカプリにウィンクし、ため息をついて長い指をみつめた。「でも、おれのような者にも、どこかに仕事があるだろうよ」

　カプリはそれはどうかしら、と思った。

「マジックを見せて。おねがい。わたし、いままでマジックを見たことがないの」

　アーチーはため息をついた。

「それでもトリックは知っているだろう？　みんなが知っているんだ。いまは店で子ども用にマジックキットを売っている時代だからね」と言って、彼は苦々しそうに首を振った。「消えるコインにせよ、帽子の中から現れる卵にせよ。それにノコギリで半分に切られる女。もっとも、それは店では売っていないがね」最後の言葉はふざけて付け足した。

「その中の一つでいいから、見せてちょうだい」カプリはせがんだ。

「それじゃ……」と言って、アーチーは背中を向けた。ふたたびカプリに向き直ったとき、彼は深くおじぎをしてプロのマジシャンになっていた。ハンカチを両手で広げると、それを細かく裂きはじめた。

「これは私のいちばんいいハンカチなんですが……、あなたのためなら！」

　裂きおわると、全部を上に放り投げ、こんどは雪のように下に落ちてくる端切れ布を受けて、握りこぶしの中につぎつぎに押し込んだ。そしてそっと、秘密を見せるようにゆっくりと、こぶしを開いて見せた。なにも入っていない。

「いいですか、しっかり見ていてくださいよ」と言って、彼は靴の両かかとをカチンと合わせた。「また一枚のハンカチになってます！　それを今度は反対の手から出してお見せしましょう！」

「すばらしいわ！」カプリが歓声を上げた。「いったい、どうやったの？」

アーチーは笑い出した。

「ちょっと失礼」と言うと、彼はふたたびカプリに背を向けた。すると、片方の袖口から裂かれたハンカチの切れ端が落ちてきた。カプリもいっしょに笑い出した。

「なあんだ！　ハンカチを二つ持っていたのね」わざと怒ったふりをしてカプリが言った。

「ふつうはいくつかの小道具を使ってやるんだよ。たとえば袖の中にゴムバンドの腕輪をしておくとかね。おれの技術は古いんだ」

「でも、面白かった！」カプリが言った。

「こんなトリックはだれにでもできる。いまではアマチュアのやることだよ」アーチーの顔が曇った。「でも、おれはいまでもやってるんだ。なにしろ、これをやってくれというお客がいるんだよ。まあ、これがおれの人生、ってわけさ」

彼はカプリから離れて、棚の上のラジオや人形やライターのほこりを払い始めた。客が決して勝ち取ることができなかった賞品たちだ。これからも決して。

カプリはまたカーニバル会場を歩きながら、考えた。フランシアに見てほしいわ。なにか、残しておけるものがあるにちがいない。ストロング・ゲームは来週全部追い払われる。そしてハンキー・パンキーと言われる小さな賭事だけになったら、このカーニバル会場には人影が少なくなるにちがいない。なにか、代わりのものが必要だわ。

「ああ、フランシアがトレーラーハウスから出てきて、この人たちに会いさえすれば！」

不公平だわ。フランシアがこのカーニバルを手元に残すとカランダー弁護士に伝えたとき、彼女はなんと言ったっけ？「わたしのよく知っている世界」と言わなかったかしら？

「いまはそうじゃないわ」とカプリはカーニバル会場に撒いてあるおがくずを腹立ちまぎれに蹴り散らしながら言った。「それに、自分の世界にしようともしていない。トレーラーの中に一日じゅうこもって、お金の計算ばっかりしているわ。人と仲良くなるのを恐れているんだもの」

もしかすると、カーニバルは昔フランが過ごした日々を思い出させるのかもしれない、とカプリは思った。または、いまのこのカーニバルは、彼女が知っているきらびやかで豪華なボードビルの世界とまったく正反対なのかもしれない。なんと言っても、フランとシュー伯父は、かつてイギリスの王様と王妃様のために演じたことがあるんですもの。男爵とか男爵夫人とか、貴族にもたくさん会ったにちがいないわ。きっと彼女の美しさは人々の称賛の的だったにちがいない。

「わしはよく笑いをとったものだよ」とは、シュー伯父がよく言っていたことだ。「だが、おまえの母さんはみんなにため息をつかせたものだ。それほど美しかった」

そうなんだ、フランシアは趣味の悪いコスチュームを着て、ジョークだけが財産の貧しいカーニバルになどいる人じゃないんだ。

「フランシアがボードビルに出ていたころは、いつも白いコスチュームを着ていたとシュー伯父さんが言っていたわ。白と金色。それしか着なかったと。すばらしい場面だったと。舞台のセットだけでも一財産だったと」

カプリは鼻歌を歌いながら、サボのメリーゴーランドに近づいた。あたりにひとけはなかった。木馬の一つに横座りしてみた。あたりを見回すと、あちこちのペンキが剝げている壁や板が目につき、昨晩のポップコーンの匂いがした。

シュー伯父さんだったら、これぜんぶ、とっても好きにちがいないわ、と彼女は思った。そして、自分もそうだと思い、驚いた。

それまで、彼女は孤独だった。シュー伯父と母親のフランシアが可愛がってくれたにもかかわらず、彼女はひとりぼっちのときを過ごしてきた。どんなに可愛がってくれても、彼らは大人だった。彼らの愛情、彼らの保護者としての近しさこそが、カプリとほかの同じ年頃の少女たちのあいだに溝を作ってしまっていた。カーニバルはその溝を埋めてくれるものだ。カーニバルの騒音、町の人たちで埋め尽くされるカーニバル会場、呼び込みの男たちのしゃがれ声、客寄せの決まり文句、そしてなにより、騒がしい音や人込みの中でなにか面白いものを見たい、心ゆくまで経験したいという人々の好奇心があった。

そのとき突然、彼女が座っていた木馬が動き出した。電気オルガンが昔の音楽をゆっくりと奏で始めた。メリーゴーランドの機械装置の後ろからマット・リンカーンが顔を出した。

「一乗りしたい？」彼が声を張り上げて訊いた。

カプリは笑ってうなずいた。メリーゴーランドが回りだし、速くなってくると、カプリは目に入りそうな髪の毛を吹き払い、木馬に体を預けた。彼女の乗っていた黄色い木馬は速いほうの馬だった。上下に動く木馬の背中で、カプリは歌いたくなった。音楽による興奮と髪の毛をなびかせる風に刺激されて、なにか突拍子もないことがしたくてたまらなくなった。

マットがやってきてカプリの隣の木馬に乗った。彼もまた彼女と同じような気分らしかった。二人はなにも話さずに木馬に乗り続け、音楽は頭上で鳴り続けた。まるで夜明けの砂漠で勇敢な馬に乗っているアラビアの若者、暴れ馬を乗りこなすカウボーイ、荒野を駆ける冒険者のような気分だった。

「おいおい！」サボの声がした。「なにをしてるんだ？」

「サボさんも乗って！　わたしたち、シンガポールまで走らせるところよ！」カプリが叫んだ。

「シンガポールだろうがどこだろうが、開場する前に床の掃除をしなくちゃならない。いい子だからさっさとどいてくれ」

マットはカプリといっしょにいい子と呼ばれたのが気に入らなかったらしく、むっとした顔をした。二人は木馬を降りて、カーニバル会場を歩きだした。

「わたし、やっとサボさんが好きになったわ」カプリが打ち明けた。「最初は嫌いだったの。でも、ここに残ってもいいと母さんが言ってから、彼はとても親切になったわ」

マットが低い声で言った。

「余裕ができたんだよ」

「あなた、何歳？」カプリが興味深そうに訊いた。

「十八歳」

「カーニバルにはどのくらいいるの？」

「三月から。カーニバル・シーズンは三月に始まるんだ。高校を二月に卒業して、南に向かって旅を始めた。このカーニバルにはアラバマ州で加わった」

なるほど、それでここまで来たというわけ、とカプリは思った。

「シカゴが恋しくない？」

彼は足を止めてカプリを見た。

「シカゴ？　どうして？　おれは一度もシカゴに行ったことないけど？」

「え、そうなの？　お父さんがそこにいると言わなかった？」

彼はうなずいた。

「そうだよ。でもおれはアルバニーから来た。叔母さんに育てられたんだ」

「お母さんはいないの？」

「いや、おふくろはテキサス州にいる」

そう言うと、彼はふたたび歩きだした。地面に目を落とし、両手をポケットに入れている。

カプリはいま聞いたことを理解しようとしたが、できなかった。それでこの話はやめることにした。

「マット、アーチーのマジックのこと、なにか知ってる?」

「もちろん。でも、彼は昨夜クビになったって聞いたよ」

「ええ。でも……」彼女はためらったが、そっと言い足した。「アーチーって、なんだかとてもいい人」

「うん、そうだよ。アーチーのマジック・トリック、見たことある。昔はすごく腕のいいマジシャンだったそうだよ」

「わたし、考えていることがあるの」カプリがゆっくり話し出した。「うちのカーニバルにやってくる子どもたち、たいていマジックを見たことがないと思うの。その子たちにとって、ニューヨークとかシカゴのマジックショーがどんなにすばらしくても、関係ないでしょう?彼らにとってはどんなマジックでもマジックに変わりはないんだから」

　マットは関心をもったらしかった。

「話してごらん」

　カプリは彼をまっすぐに見た。

「あのね、うちのカーニバルにマジシャンがいてもおかしくないと思うの。アーチーは上手よ。わたしには十分に上手に見えるわ。わたしにそう見えるのなら、ここにやってくるたいていの子どもにとっても、きっとそうだろうと思うの」

「きみの母さんはなんと言うかな?」

　カプリは言葉を選んだ。

「母さんはアーチーのこと、知らないわ。マジックはそんなにお金がかからないショーじゃないかしら。でも彼にとっては仕事口ができることなの。ほかの人たちほど若くないから」

「きみの母さん、きみがカーニバルの人間たちと付き合うことをあまりよく思っていないんだろう？」

マットの声はやさしかった。

「ああ、マット」突然カプリの声が高ぶった。「わたし、ここがほんとうに好きなのよ！」

昼が震えたかと思うと、マットは突然大きく笑いだした。思いがけないことだったので、彼女はのけぞった。彼は腕を出して彼女を引き寄せると、髪の毛を乱暴になでた。

「すごくいい考えだと思うよ。とてもいい」

「もしフランがイエスと言ったら、手伝ってくれる？」

彼の答えの裏に込められた誠実さにカプリは胸を打たれた。

「手伝わせてくれたら、感謝するよ」

「なんの手伝いをさせるんだ？」

という声が後ろから聞こえた。振り向くと、ドックが二人に笑いかけていた。

「あのね、マジックショーを開くようにフランにたのもうと思っているの」カプリが言った。

「あんたたち二人でか？」ドックがマットをチラリと見た。

「ええ、そうよ。ドック、マットはとてもいい人よ。あなたがマットのことよく思っていないのは間違ってるわ」

ドックはにやりと笑った。

「うん、もしかすると、結論を出すのが少し早すぎたかもしれないと自分でも思っていたところだ」

そう言うと、彼は大きな手を差し出した。

「握手？」

マットは探るように相手を見た。

「でもおれは相変わらず雑役だけど？」

ドックが肩をすぼめた。

「そしておれは相変わらず、雑役は信じないさ。そうかんたんに信じやしない。だが、人は雑役から始めるもんだ。おれだってかつてはそうだった」

「あんたが、雑役だったって？」マットが驚いた。

「ああ、そうさ。あんたたちと同じくらい筋肉が発達していると思わないか？　どうだ、マット、この手を取って握手するのか、それともまたポケットにおさめなきゃなんないのか？」

マットは笑い出した。

「いや、握手を」

そう言って、マットはドックの手を取ってしっかり握手した。

「おれのアドバイスを聞いてくれ」ドックが言った。「できるだけ早く雑役をやめることだよ」

「ええ、そうしようと思ってます」

「それがいい」ドックは前屈みになって地面に生えている長い草の葉をちぎり、口にくわえてぶらぶらと歩いていった。その背中がビンゴのテントに消えるまでカプリたちは見送った。

「あの人はいい人だ」マットが言った。

カプリは笑った。

「なんだか、そう思ってなかったみたいね。驚いているように聞こえるわ」

「うん、驚いてる」マットは不思議そうに言った。

第九章

「フラン」とカプリは夕食後、母親に話しかけた。「ここはわたしのカーニバルでもあるのよね？　シュー伯父さんはこれをわたしたち二人のために残してくれたのよね」

「もちろんよ、カプリ。あなたはわたしの娘なんだから、当然ここはあなたのものでもあるわ」

カプリはうなずいた。フランは食べ終わった皿を洗い、きれいに拭いて食器棚の上に重ねたあと、いつもの散歩に出かけるところだった。

「あのね、わたし、考えていることがあるの」とカプリは切り出した。「アイディアがあるの。試しにやってみてもいい？」

フランシアはさっと振り返った。

「なんのこと？　まさか、カーニバルのことじゃないでしょうね？」

カプリは熱を込めてうなずいた。

「なかなかいいアイディアなのよ。ママを驚かせたいの。来週、ペテン師たちが引き揚げると、カーニバル会場が寂しくなるでしょう？」

フランシアはたじろいだ。

「ペテン師なんて、どこでそんな言葉を習ったの？」

カプリはにっこりした。

「母さんもこんな言葉で話せばいいのに」

フランシアは立ち上がり、部屋の中を行ったり来たりし始めた。

「カプリ、あなたはまさか、カーニバルの人たちと付き合っているんじゃないでしょうね？」

「だって、すてきな人たちだもの」

フランシアは心配そうだった。

「まあ、長続きしないでしょうけど。それになんと言っても、あなたはまだ十五歳なんだから。あなたの年のときにはわたしはステージに立っていたけど、あなたはずっと子どもに見えるわ！」

カプリは笑い出した。

「おばあちゃんもママにそう言ったのじゃない？」

フランシアはほほえんだ。

「ほんとうのことを言うと、そのとおりなの」ため息をついて、彼女は訊いた。「それで、どんなアイディアがあるの？」

「やってみたいショーがあるの。もちろん、あまりお金がかからなかったら、だけど」と付け足した。

「いいわ、もちろん、やってみれば？　どんなアイディアでも、試してみなければわからないものよ。楽しんでやってみたら？」セーターを肩に掛けると、髪の毛を後ろにまとめて戸口に立った。「いっしょに散歩しない、カプリ？　今日は湖のほとりを散歩するけど」

カプリは目を落とした。

「きょうはやめとくわ。ママ・ブーンの小屋をのぞくと約束したから」

フランシアが出かけると、カプリは良心が痛んで落ち着かなかった。ちょっと前までフランシアの行くところならどこへでも喜んでついていったものだ。しかしいまは、ちょっとでもカーニバルを離れるのがいやだった。だが、フランシアはむしろカーニバルから離れたがっているようだった。

カプリはクローゼットに急ぎ、古いシャツとダンガリーを着た。髪の毛をきちんと三つ編みにすると、真っ赤なセーターを肩に掛けてトレーラーを出て丘を駆け下りた。

マダム・ゼラの小屋の中は暑くて息が詰まりそうだった。大勢の人がやってきては出ていったあとだった。テーブルの上のトランプまでへなっとなって勢いがなかった。

「今日のような夜は人が出るんだよ」

ママ・ブーンはちょうど人がいなくなったときを見計らって紅茶をいれに行った。それから「よいしょ！」とやっとゆっくりできると言わんばかりに、小屋の中でたったひとつ座り心地のいい安楽椅子に腰を下ろした。カプリが来たのを口実に一休みするつもりだった。

「忙しくて文句を言うなんて人は、あたし以外にいないだろうね。あたしも年を取ったものさ」

「そんなこと、信じませんよ」カプリが言った。

「お黙り。ブーンの言うことなど信じるんじゃないよ」そう言うと、彼女は大きなドレスのひだひだの中から足をあげて低い椅子においた。「お客はみんな遠くからやってくるんだよ。ところで、雷の気配がするね」

「ええ、雨が降らないといいけど。お客さんの入りによくないから」

ママ・ブーンは紅茶カップごしにカプリを見つめた。

「サボが今晩やってきたよ」しばらくして彼女は話し始めた。「あんたの母さんが次の巡業先をカナダシティにするというんで、だいぶ機嫌が悪かった」

「でも、それはビッグ・チャンスなんです!」カプリが叫んだ。

「いや、サボはそれは間違いだと言ってたよ。あんたはどう思うね?」

カプリは頭を振った。ママ・ブーンはなにを考えているのだろうと不思議に思った。

「どうも最近、あの男にとってものごとがうまくいかないらしい」ママ・ブーンは眉を寄せた。「あんたの母さんに気に入られるようにうまく立ち回っているようだが……、いやなに」と言うと、彼女は気分を変えるように頭を振って言った。「それはあたしの知ったことじゃないね。昔は……」

そのとき、外から騒ぎが聞こえてきた。

「あれはいったい、なにごとかね？」

カプリは飛び上がって出口に駆け寄った。ママ・ブーンがそのあとに続いた。数テント先に人だかりがあった。人がどんどん増えている。真ん中で起きていることを見ようと、円の外側の人々が首を伸ばしていた。

「ああ、カプリ、またたよ！　近くに行ってみよう」ママ・ブーンが言った。

二人は騒動のほうへ急いだ。人が驚くママ・ブーンのコスチュームのおかげで、彼らは人込みをかき分けていちばん前まで進んだ。目の前にサボが立っていた。そして彼に向かって客のひとりの男が興奮して叫んでいた。

「私の財布が、金も鍵も入っているままでなくなったんだ！　ここはイカサマなカーニバルだ。スリの巣窟だ」

サボがていねいに答えた。

「切符をお求めになってこのカーニバルに入場されるお客様の一人ひとりの財布のありかまでは、責任がもてません。スリはほかのお客様同様に入ってきます。私どもは正真正銘きれいなカーニバルです……」

「警察に通報するぞ！　警察だ！」男が叫んだ。

「早く母さんに知らせて。急いでね」とカプリはそばに立っていたカーニバルの子どもに言った。

その声を聞いて、その客はカプリのほうを振り向いた。

「この人は？」

「このカーニバルのオーナーの娘さんです」サボが言った。

「やれやれ」と客は言ったが、その目はカプリの後ろに釘付けになっていた。カプリが振り返ると、そこには散歩から戻ってきたばかりのフランシアがいた。人込みをかき分けて真ん中に進んできたのだ。

「ドックから聞いたわ」と小声でカプリに言うと、息を整えて落ち着いて話し出した。「どこか静かなところでお話ししましょうか。わたしがこのトビー・ブラザーズ巡業カーニバルのオーナーです」

「けっこうです。むろん、ほかの場所に移りましょう」

彼はフランの美しい金髪、首の周りに巻かれた紫色のネッカチーフにすっかり目を奪われていた。カプリはうれしかった。フランシアがボードビルを離れたのはもうずいぶん昔のこと。こんなにあからさまな称賛を受けるのは久しぶりのことだろう。母さんにはきっといいにちがいない、男の人から賛美のまなざしを受けるのは。

「ミスター・サボ、わたしのオフィスまで来てくれますか」

サボは頭を下げた。

「はい」

カプリは群衆のほうに目を向けた。人々はそれぞれ自分の財布の中身を見て、自分は犠牲者ではないことを確かめながら、その場を立ち去った。これが今晩のクライマックスになったのだろうか。たくさんの人々が出口に向かった。ジャック・ラストが傲慢な笑いを見せてカーニバル会場の端に立っていたが、いつのまにか姿を消した。

「さあて」ママ・ブーンが言った。「あんたの母さんはあんな客の扱いを知っているんだろうね？　ニック・サボに正直さの訓戒をたれてほしいね。また、あたしだったらあの客に、こんなところに来るのに財布に金をいっぱい入れてくるな、と言ってやるね」

「こんなところとは？」カプリは聞き逃さなかった。

「まああ、いいじゃないか」ママ・ブーンがやさしく言った。「あんたの精神が好きだね。あたしたちは二人ともここに住んでいるんだ。あたしは自分の好き勝手にここのことを言っていいと思うよ。でも、あたしにとってもここは家《ホーム》なのさ」

「ごめんなさい」カプリが低い声で言った。

ママ・ブーンはカプリの腕に手を伸ばしてやさしくぽんぽんと叩くと、飲みかけの紅茶が冷めないうちに自分の小屋に急いで戻っていった。

マットは観覧車を回していた。カプリの姿が目に入ると、手招きして訊いた。

「あの騒ぎはなんだったの？」

「スリに財布をとられた客がいたのよ、マット。少なくともその客はそう言ってたわ。かんかんに怒ってた。いま母さんがオフィスで話しているけど。どうしたの、マット？」

マットの唇が真っ白になった。

「ちくしょう！　やめろと言ったのに！　あいつ……」

「だれに言ったの？　なにをやめろと？」

「なんでもない。気にしないでいい。そのかわり、これを持っていてくれ、すぐに戻るから」

そう言うと、マットは観覧車の操縦装置のレバーを彼女に渡してさっと姿を消してしまった。彼女はどうしたらいいかわからなかった。あんなに怒って、いったいどこへ行ってしまったのかしら？

「ジョー！　こっちへ来て、早く！」と彼女は隣の小屋のジョーに必死で声をかけた。

乗り物の切符を売っていたジョーはカプリの声を聞いて彼は顔を上げ、青ざめた。

「どうしたんだ、カプリ！　あんたがそんなレバーなんか持って？　おれによこせ」

ジョーは弾丸のようにすばやくやってきた。

「マットはどこだ？　いったいなんのつもりなんだ、あんたにこれをまかせるなんて！」

「わからない。探してくるわ」

そう言ってカプリは歯ぎしりして怒っているジョーを後にした。だがマットはどこにもいなかった。厨房でやっとジョーの代わりに切符を売ってくれる男をみつけた。それからトレーラーハウスのほうへ急いだ。台所のほうから入ると、ドックとサボ、それにスリに遭ったさっきの客がフランを囲んでくつろいでいた。

「これがわたしの住所です」客が話していた。「この湖のちょうど向こう側です。もちろん、すられたものが出てくるとは思っていませんが」

「そうですね。それはきっと無理でしょう」フランが残念そうに言った。

「あなたに気の毒なことをしてしまったことが残念でなりませんよ、ミス・アボット、いや、ミセス・マッコム」と言って、彼は首を振った。「しかしこんなに時間が経ってから、またあなたに会えるとは！」

「お知り合いだったの？」カプリが驚いて訊いた。

客はまるで父親が娘に向けるような温かいほほえみを見せた。

「そうなんだよ、お嬢さん。私はクロームという者だが、いまでも若いときにもらったあなたのお母さんのサインをどこかにもっているよ。あなたのお母さんが舞台から投げた真っ赤なバラといっしょにね。そのバラを取るために、脚の骨を折るところだった！」と、彼は笑った。「いま、私にはあのころの私と同じ年頃の息子がいる。なにに関心をもっていると思うかね？　ビーバップだよ！　いまの若者たちには魂がない」彼は机の上の帽子を持って立ち上がった。「さて、私はもう帰ることにしよう。年取った寡夫《やもめ》が、オールドラングサイン（古きよき昔）のためにまたあなたに連絡を取ってもよろしいかな？」

フランシアはやさしく笑った。

「もちろんどうぞ、ミスター・クローム。ご迷惑をおかけしました。またお会いしたいですわ」そして一瞬彼女は迷ったが、そっと言い足した。「ゲートまでお見送りします」

クローム氏はほほえんだ。

「家に帰るべきなんだが、また戻って勝負をやり直したい小屋がある。珍しいゲームなのだよ。アドルフ・ヒトラーの大きな顔に向かってボールを投げるという、痛快なことをするんだが、なぜか当たらなかった。あれをもう一度やり直してみたい」

「わたしなら、今日はもう帰ります」カプリがはっきりと言った。

「または来週、カナダシティにいらっしゃるとか」フランが言った。「いまおっしゃったのは、ジャック・ラストの小屋ですわ。彼がわたしどものところで働くのは今週でおしまいです」

フランの後ろでサボが居心地悪そうに体を動かした。

「ミセス・マッコム、それについては、ちょっと相談したいことが。そのう……、ジャックはクビにしてません」

フランシアが振り向いた。

「なんですって？　でもわたしは彼をこれから使うつもりはないとはっきり伝えましたよね？」

サボが微妙な咳払いをした。

「いや、あの若者は、ゲームに少し手を加えて調節すると言っています。とても残りたがっているのですよ」

「つまり、これからは正直なゲームをすると言っているの？」カプリがズバリ訊いた。

サボは探るような目でカプリを見た。

「そうだよ。それに、私も彼から目を離さないようにするつもりだ」

「あとで話しましょう」フランシアは不機嫌そうに言った。「あなたがそんなに請け合うのなら……」

トレーラーハウスの外に出て、クローム氏はフランシアと握手を交わした。

「いや、あなたの一座の皆さんと知り合えて、ほんとうに楽しかった。それじゃ、今晩はこの辺で」

「ちょっと、ちょっと待ってください」

しゃがれた声が、暗闇から聞こえた。車体の脇に寄りかかっていたのは、マット・リンカーンだった。胸が大きく上下し、息が乱れていた。額に血がにじみ、唇がふくれ上がっている。片目が腫れ上がってほとんど見えない。もう一方の目がぎらぎらと光っていた。

「マット！」

階段を駆け下りてカプリが走り寄った。クローム氏もそれに続き、二人でマットのからだを支えた。

「だいじょうぶだよ」とマットは、無理に笑おうとした。「ちょっとしたケンカをしただけだから」

「ああ、そのようだね」クローム氏が相づちを打った。「だが、ほんとうにだいじょうぶかね？」

マットはつばを飲み込んで思い切ったように言った。

「はい、あなたのお金です」

その手に革の財布が握られていた。草の上に落ちたその財布をドックが拾い上げた。

「これはだれです？」フランシアがそばに立っていたサボに訊いた。

サボの口がゆがんだ。

「マット・リンカーン、あなたが雇っている雑役のひとりですよ。きっと彼が盗んだんでしょう、自分で」

「サボ、なんということを言うの！　彼がそれを奪い取ってきたんだということがわからないの？」カプリが叫んだ。

フランがマットを問いつめた。

「あなたがこの方の財布を盗んだの、マット？　正直におっしゃい！」

「何を言っているの、フラン！　いまは包帯と薬が必要よ、何かないの？」

フランシアがトレーラーの中に駆け入り、きれいな水の入った洗面器と清潔な布を持ってきた。

「相手はだれなの、マット？　話してちょうだい。ここにいる人間はみんな信用していい人ばかりよ」

マットの苦々しい顔から、彼はそう思っていないことがわかった。彼はフランシアからカプリ、そしてサボに目を移し、そのままそこから視線を逸《そ》らさなかった。

「そうよ、だれがあなたにこんなことをしたの、教えて！」カプリが叫んだ。

サボがぐっと体を前に乗りだした。マットは唇を湿らせた。

「おれは密告者じゃない」マットはサボをしっかりとにらみつけながら言った。「自分でみつけだせばいい。とにかく、金は取り返してきた」

サボは深いため息をついて、ほっとしたように笑った。

「それがおまえの答えか。それ以外はなにも言わない決心と見えるな」

クローム氏が笑顔になった。

「いや、相手を見つけるのは簡単だろうよ。この若者は喧嘩に勝ったほうなのだ。もう一人の目を腫れ上がらせている者をみつければいいだけのことだ。おそらくこの若者よりももっと大きく腫れ上がらせているだろうよ」

フランシアが笑い出した。

「そのとおりにちがいないわ！」

だが、翌日、彼らは犯人を捜す必要がなかった。ジャック・ラストは静かに姿を消していた。小屋をたたんでこっそりと。そして二度とみんなの前に現れることはなかった。

第十章

アーチーは小屋の中でがっくり気落ちしたように背中を丸めて座っていた。その日は彼の小屋の前を通り過ぎる午後の客たちのほうをぼんやりと見ていた。草の葉を噛んでいる。いつもボタンホールに挿しているカーネーションの造花さえもしなびているように見えた。カプリとマットがやってくるのを見て、その顔は明るくなったが、それもほんの一瞬のことで、すぐにまた元気をなくしてしまった。

「アーチー、マットを連れてきたわ。マジックを見せてくれる?」

「いや、そんなことはもういいよ」

アーチーは答えた。マジックのことなどを言うカプリが憎らしくなった。じつは、今日は一日じゅうマジックのことを考えていたのだ。観客の反応、息をころして見ている様子、そして成功したときの歓声。これらすべてが過去のものだった。そしてそれはもう、わかっていた。

「ひとつだけでいいから」とカプリがせがんだ。

「マジックの道具はすべてニュージャージー州のニューアークの倉庫にあるんだ。マジックにはいろんな小道具が必要なんだよ」とアーチーは肩を落として言った。

「それじゃ、簡単なのを見せてくれれば」マットが言った。

アーチーの目がマットの上に留まった。

「その目の上に、冷たい肉でものせたらどうだい？　ひどい格好だな」

そう言うと、やっとマジックを見せる気になったらしく、ポケットからマッチ箱を取り出すと、中からマッチ棒を二本つまみ、指でもてあそび始めた。そしてカプリによく見ていろと注意をうながした。魔法のようなすばやい手の動きだった。アーチーの手に突然三本のマッチ棒が見えた。そしてすぐに六本、そしてマッチ箱にあったマッチ棒全部が現れた。

「わからない！　いったい全体、どうやってるんだい？」マットが目を丸くした。

アーチーはにんまり笑った。

「タネは全部、あんたの目の前にあるのさ」

アーチーは手を広げた。手のひらの中にたくさんのマッチ棒が親指の内側でしっかり押さえられ、隠されていた。これらを適当なときに器用に取り出したり、しまい込んだりしていたのだ。

「あんなにすばやくできるなんて！」カプリが感心した。

アーチーはウィンクした。

「練習だよ。こんな風に手を使う芸を手品というんだよ。必要なのは技術だ。おれは手先が鈍らないように、いつだって練習しているんだ」

マットがカプリを見て深くうなずいた。カプリは大きく息を吸い込んだ。

「アーチー、じつはあなたに訊いてみたいことがあるの。このカーニバルでマジックショーをやってみたら？」

アーチーの顔が青ざめた。

「おれが？」

「大テントを使えばいいわ。金曜の夜にはダンシング・ガールズが出ていくから。マットとわたしが簡単なステージと観客用のベンチを作るわ。子どもの観客がきっと大喜びするわよ！」

アーチーは頭をぶるんと回した。まるで頭をはっきりさせるかのように。

「あんたたち、おれにマジックをしてくれというのかい？　あんたの母さんは知ってるのか？」

「母さんは、わたしになにかアイディアがあれば、やってみなさいと言ってるわ。でも、まだこのことは知らない。ああ、アーチー。どうぞ信用して。わたしたちを信じて。これはまだ試しにすぎないけど、やってみない？」

アーチーのしょげ返っていた顔にゆっくり赤みがさしてきた。

「カプリ、それ以上言う必要はないよ。これでここに残ることができるかもしれない。ありがたいよ」

「それじゃ、やってくれるのね？」

アーチーはきっぱりと言った。

「さっそくニューアークに手紙を書く。いますぐに。ああ、あそこにある道具たちは！　いちばんいいものは残念ながら質に入っているが、ほかのものはみんなだいじょうぶ……」

彼は小屋の片隅をにらみながら、なにが残っていて、なにができるかをさっと考えた。

「どうぞ、ゆっくり考えて。明日の朝、どんな芸ができるか、話を聞きたいわ。そして、その中から選ぶのよ。それからコスチュームを決めて……」

「ありがとうよ」

と言うと、アーチーは立ち上がった。

「いや、ほんとうにありがとう。二人とも、ありがとうよ」

「さあ、行こう、カプリ」

マットが言い、二人はアーチーと同じくらい興奮しながらそこを離れた。大テントをふたたび見に行ったあと、彼らはまだ興奮がさめやらず、カプリは昼食までに五回も観覧車に乗ったほどだった。

翌朝、カプリはトレーラーから外に飛び降りたとたん、クローム氏にぶつかりそうになった。彼は片手にカヌーのオールを、もう一方の手にサングラスを持って戸口の階段に立っていた。

「わあ、ごめんなさい！　おはようございます」

「いやいや、大したジャンプだ！　私にもそんな元気があったらなあ」

クローム氏は目を輝かせて言った。

「母は中でもう仕事をしてますけど？」

クローム氏は咳払いした。

「いや、きみのお母さんだけに用事があるわけではないよ。きみをパーティーへ招待しに来たのだ」

「パーティーですって？」

「ああ、そうだ。うちにはきみと同じ年頃の息子がいて、ダンスがしたくてうずうずしているのだ」クローム氏はいったん黙ったが、思い切ったように言った。「先日きみのお母さんと話をしたとき、ダンスパーティーなら、きっときみも喜んで行くだろうということを聞いたもので」

ふん、フランのたくらみなのね。

「いつですか？」カプリは慎重に訊いた。

「土曜の夜だ」

「ああ、わたし、土曜の夜だけはダメなんです」カプリはほっとして言った。「わたしが計画している新しいショーが始まる晩ですから。わたしがいないわけにはいかないんです」

「ああ、それはそうだろうな」クローム氏が肩を落とした。

「これからリハーサルなんです。どうぞ中にお入りになって」

「ああ、ありがとう」クローム氏はしょんぼりしたまま、礼を言った。

カプリはちょっとの間そこに立って、彼が中に入るのを見ていた。正直言って、ダンスパーティーには行きたくなかった。クローム氏には、いやフランシアにさえ、カプリがなぜダンスパーティーに行きたくないのかわからないだろう。

ゆっくりと丘を下りながら、カプリは初めてのダンスパーティーのことを思い出した。それはいまでも忘れることのできない思い出だった。あれはすべて、フランシアの思いつきで始まったことだった。カプリは言われたとおり、何か月もダンスレッスンに通った。それも友だちができたかもしれない近くのダンススクールではなく、フランシアはカプリをバスに乗せてカナダシティのダンススクールに通わせた。そこで彼女はダンスパーティー用のダンスだけでなくタップダンスもバレエも習わされた。

「あなたにダンスの才能があるかどうかが問題なのではないわ」とフランシアは言ったものだ。「家族の中にプロの芸人が二人いれば十分ですものね。でもダンスレッスンを受ければ、あなたには気品というものがそなわるわ」

だが、春になると、シュー伯父さんがカプリに二人きりの話があると言った。

「おまえの母さんがおまえに最高のものだけを与えようとするのはよくわかる。わしだってそうしたい。が、おまえが近くのリバージャンクション・ダンスアカデミーに移ってくれたら、財政的にはずいぶん助かるんだ」

「ああ、シュー伯父さん！　わたしだってそのほうがどんなにいいかしれないわ。だって、そこには学校のお友達がいるのよ。知らない人ばかりのところより、よっぽどそのほうがいいわ」

近くのダンスアカデミーは名ばかりのところだった。こわれた椅子が積み上げてある古い学校の講堂をレッスンに使い、ピアノも古いアップライト・ピアノだった。カプリが移ってきたときはちょうどそのアカデミーのダンスパーティーがおこなわれるときで、フランシアは新しいドレスを、シュー伯父はスウィートピーでコサージュを作ってくれた。カプリはとても興奮して楽しみに待ち受けた。同級生の中に、彼女が自分たちと遊ばないのを悪く思っている子たちがいるとは、夢にも思っていなかった。

カプリはあのときの恐ろしい経験を決して忘れることができなかった。小さな楽団の演奏の後ろでひそひそと交わす言葉が聞こえた。そして男の子たちの中から残酷な言葉がカプリの耳に届いた。

「ぼくの父さんはあいつの家にミルクを配達するんだけど、あいつの家のことではなにひとついいこと言わないよ。一文無しなんだってさ。だけど、昔はいい暮らしをしていたんだって。だから、おれたちのような田舎ものとは付き合わないんだってさ」

カプリは一度だけいやいやながらダンスをした。そのあとは壁の花に甘んじた。そのほうがよっぽど気楽だった。シュー伯父もフランシアも、カプリがみんなの前に現れさえすれば、すぐにも友だちができる、人気者になれると信じていたが、カプリはこんな経験をしたことを決して彼らには話さなかった。彼らもまた、自分たちが外の人と付き合わず、プライバシらなかった。ーを愛する生活をしていることが、このような形でカプリにしっぺ返しがくるとは思いも寄らなかった。

トレーラーの中からフランシアがクローム氏に話す声が聞こえた。

「ダンスパーティー！　それこそカプリに必要なことですわ！　あの子はこのところカーニバルだけに夢中なんです。わたし、心配していたのです。カーニバルは若い娘が社交のマナーを学ぶところではありませんからね。まさにパーティーこそあの子に必要なものです。そして、あの子は気品を学ぶでしょう」

ほら、出たわ、とカプリは思った。これこそ、女の子ならだれもが要求されることだった。母親が密かにたくらんでいること。娘にこうあってほしいという願望をもつ母親の夢と計画。母親によっては、そんなことははしかにかかる程度のことと軽く思っている人もいるかもしれない。しかしまた、非常に深い思い入れをもって娘に夢と希望を託している母親もいる。だが、母親の夢と娘の現実とのあいだで何らかの妥協点がみつかるまで、これは母娘間のぎこちない、不愉快な問題となる。

気品ですって。もしこの言葉を何度も繰り返せば、それこそ気品を失い、むしろ醜い言葉となる。気品、気品、気品。

「変なの！」

とカプリは言い、しばらくその場に呆然として立っていたが、急にうれしそうに笑いだした。

太陽が高くのぼって輝いていた。強い日差しでテントのてっぺんが銀色に見えるほどだった。丈の高い草の下の地面にはどこにも影がなかった。空はどこまでも青く、雲一つなかった。だが、カプリの楽しげな笑いのいちばんの原因は、生まれて初めて自分だけの仕事ができたためだった。

カーニバルでは、アーチーが届いたばかりの箱を開けて中身を取り出しはじめたところだった。彼はカプリがやってくるのを待っていた。カプリはぐるぐる巻きのロープの上に腰を下ろして、「どうぞ、そのまま続けて」とアーチーをうながした。

ほかにも人がいた。メリーゴーランドの屋根の下の日陰で、ドックとマットとヴィンシー・ネブスが板にくぎを打って、かんたんなベンチを作っていた。少し離れたところでは、スリム・ゲーブルがアーチーのために看板を書いていた。プロフェッサー・アーチボールド、マジシャンの中のマジシャン、という看板と、プロフェッサー・アーチー、マジックマンというものができていた。スリムは何でも屋だった。彼の母親は大きなサーカスの見せ物小屋で働いていた。スリムはよそで仕事をすることもあったが、いつもカーニバルに戻ってくる。彼の中に流れる血のせいだった。

いま、アーチーは水が口まで入っているガラス瓶を手に持っていた。彼の巧みな手がそれを傾けだした。そして驚きの表情をつくり、目を大きく開いてあたりの者たちに見ろというようにガラス瓶を指さした。それもそのはず、その瓶はすっかり逆さまになっているのに、口栓のないガラス瓶から水は一滴も下に落ちていなかった。

「それ、いいわね！」と言って、カプリはノートにその芸を書き留めた。

「もう一回、やってみてくれ」とドックが言った。その目は瓶とアーチーの手にしっかり注がれていた。「ほんとうにその瓶の口にカバーはないのか？」

ショーマン根性旺盛なアーチーは、深々と一礼をして瓶をみんなに回して調べさせた。みんなが目を瞠《みは》り、首を傾げ、そして感嘆した。

「フィナーレが必要だわ。クライマックスよ」それまでに見たトリックを書きだしたものを読み上げて、カプリが言った。「なにか大きくて、派手なマジックがほしいわ」

「そのとおり」といつのまにかカプリの隣に腰を下ろしていたママ・ブーンが言った。「だがその前に、この男がどのようにして逆さまにした瓶から水が一滴も漏れないようにしてるのか、だれか教えてくれ。アーチー、早くあたしに教えるんだよ、これは命令だよ。あたしはあんたより三歳も年上なんだからね」

アーチーはにっと笑った。

「いやあ、ママ・ブーン、あんたはぜんぜんそんな年には見えないよ。隣のカプリよりちょっとばかり年上に見えるだけだ。その上、動きときたら、すばやいのなんのって。おれがあんたにトリックを教えるわけにはいかないってことは、知ってるだろう。おれのマジックにもう少し敬意を払ってほしいな」

「なに言ってんだい！。あたしゃ、あんたが女の体をまっぷたつにノコギリで切るまで、あんたのマジックなんか信じないね！　それはできないだろう？」

その場にいたみんながいっせいにアーチーを見た。もちろん彼はみんなを失望させはしなかった。

「ひどいことを言うね、ママ・ブーン」と傷ついたふうをよそおって、アーチーは言った。「それをやってみせてもいいよ。ただし一つの条件付きで」彼の目がうれしそうに輝いた。

「なに？」みんなが声を合わせて訊いた。

「うん、おれがまっぷたつにするのはママ・ブーン、あんたにさせてもらうよ」

ママ・ブーンがくやしそうに叫んだ。

「なんだい、それは！　汚いねえ。おや、どうしたんだい、カプリ？」

「それこそフィナーレにぴったりよ！　スパンコール付きのタイツをはいたモリーを半分に切るの！」

それでプロフェッサー・アーチボールド、マジシャンの中のマジシャンのフィナーレの出し物が決まった。


カーニバル会場の、かつてはジャック・ラストの小屋のあたりに、サボが腰を下ろしてカプリの笑い声を聞いていた。その顔にはいろいろな思いが浮かんでいた。苦々しかった。中でも彼の気に食わなかったのは、すべてがマッコム母娘にとってうまくいきそうだということだった。彼女らはカーニバルの人々の中に友だちを作り始めていた。それは彼にとって危険なことだった。サボは、友情はあなどれないものだということは、重々知っていた。だが、それよりももっと悪いのは、もしいま彼女らを失敗させなければ、彼がこの十五年間、オーナーに対して報告しなかった莫大な儲けがバレるかもしれないということだった。

そんなことがあってはならない。

メリーゴーランドのあたりから聞こえてくる歓声を聞きながら、サボは自分が現在おかれた状況を分析した。トラックの火はすぐに発見されてしまった。明るくなってからあんなことをさせたのは失敗だったと彼は悔やんだ。その上、スリの一件でジャック・ラストを失い、マット・リンカーンを敵に回してしまった。サボはマットを誤解していた。あいつはもっとすごいイカサマをするのか、あるいは真っ正直なのか。だが、いままでのことはどうでもいい。トビー・ブラザーズ巡業カーニバルをぜったいに成功させてはならない。破産させるのだ。それもすぐに、だ。カナダシティへ移る前に失敗させることができればベストだ。それには時間がない。

サボはほくそ笑んだ。もし彼が成功すれば、このカーニバルはかつて彼がオファーを出した金額の何分の一かで入手できるかもしれない。そうなったら、あの小なまいきなフランシア・アボット・マッコムに、カーニバルは女の入り込むようなところじゃないとわからせることができる。そしてふたたびストロング・ゲームを始めるのだ。警察の力の弱い地方の町を見つけ、警官に鼻薬をかがせて、やりたいようにやるのだ。呼び込み屋の声が行き交い、雑役の若者たちが先のとがったテント・ペグを手に、必要なら脅しもする。それがカーニバルというものだ。カモから金を巻き上げてうまい商売をするのだ。

太陽がサボの太った首を照らしつけた。彼は少し体を動かして、ため息をついた。カーニバルには太陽の日差しがなによりも大切だ。だが、このカーニバルには、いまは少し雨が必要だった。

第十一章

「フラン、あたし、ドックとマットといっしょにちょっと町へ行ってくるわ。ドックにトラックを運転してもらってかまわないでしょう？」カプリが訊いた。

フランシアは振り返ってほほえんだ。パイを焼いている最中なので、頰に白い粉がついていた。

「許可をもらおうとしているの？　それともたんに通達しているの？　それになんだかお金が必要な口ぶりだけど？」

カプリは正直にうなずいた。

「ええ、ショーのためなの、フラン。じつは三十ドルほど必要なんだけど。アーチーのためにコスチュームを二枚と小道具をいくつか」

フランシアはそれを聞いてもすぐには壁に備え付けてある金庫のほうへは行かなかった。椅子に腰を下ろすと、足をぶらぶらさせた。そしてさりげなく、さりげなさすぎるほどに軽く言った。

「ミスター・クロームが今朝いらしたのよ」

「ええ、知ってるわ」

「土曜日の夜、パーティーを開かれるそうよ。あなたと同じくらいの年の息子さんがいらっしゃるんですって。あなたにもぜひ出席してほしいと言ってらしたわ」

「それはできないわ」カプリはきっぱりと言った。「土曜日の晩は、いま計画しているアーチーのショーが始まるときよ、フラン」

「ええ、知ってますよ、カプリ」

「だったら！」

二人はリングの上のファイターのようににらみ合った。最初に話し出したのはフランシアだった。その顔には少しいじわるそうな笑いが浮かんだ。

「ぜひそのパーティーに出席してほしいのよ、カプリ。こんなところで男まさりの女の子になってほしくないの。汚いダンガリーをはいてうろうろしたり、カーニバルの人たちにしか通じないような言葉で話をしたり。なにせ、あなたがいつもいっしょにいる子ときたら、アクロバット芸人になりたいという雑役係ですものね」

カプリは耳を疑った。

「フラン！　どうしてアクロバットのことをそんなに軽蔑するような言い方ができるの？自分自身、ボードビリアンだったのに！」

フランシアは言われて驚いた顔をし、それから少し戸惑ったように言った。

「わたしは自分の娘にボードビルで働いてほしくないのよ」と低い声で言った。

「あなたのプライドに見合うような仕事じゃなかったというの？」

フランシアは立ち上がって部屋の中を行ったり来たりし始めた。それはなにか気になることがあるときの、彼女の癖だった。

「いいえ、そうじゃない。それは女の人に向いた暮らしじゃないからよ。わたしは決して好きになれなかったわ。カプリ、もうあなたもわかっていいころよ。もちろん有名になったことも幸運もありがたかったわよ。でも決して休日もプライバシーもなかった。それになにより、わたしには才能がなかったのよ。もう知ってるでしょう？　歌だってまあまあだったし、踊りときたらひどいものだったわ。でも、なぜかわたしはどこに行っても気に入られたのよ。人気があったの。だからシューのために続けたのよ。それと、お金のために。有名で、人気があるということはすばらしかったわ。どこへ行っても声をかけられ、愛されて。でも、何か月もスーツケース暮らし、食事も列車の中でサンドウィッチを食べるだけ、満足にベッドに体を伸ばして眠ることもできない生活が続くのよ。シューはそんな暮らしが大好きだったわ。でも……、わたしは大嫌いだった」

「まあ、フラン……」カプリは言葉もなかった。

フランはうなずいて怒ったように話を続けた。

「だから、あなたには別の暮らしをしてほしいのよ、カプリ。わたしがしたかったような暮らしを。安全で静かな生活、大学、パーティー、すてきな若い男性たち……。だからわたしたちはいまここにいるんじゃないの。シューが買ったこのイカサマカーニバルから少しでもお金をひねり出すために。わかった、カプリ？　なぜミスター・クロームのパーティーに行かなければならないかということが？」

「ええ、でも……、ああ、フラン！」

フランの目が細くなった。

「土曜日のパーティーに行かないなら、アーチーのマジックショーは禁止すると言わせたいの？」

カプリは首を振った。

「いいえ、そんな必要ないわ。もちろん、行きます」

フランシアは金庫に行って、現金の入った箱を取り出した。

「はい、三十ドル」と数え終わってからカプリに手渡した。「よかったわ。ダンスは八時からだそうですよ」

カプリはやさしく言った。

「フラン、ごめんなさい。もっと早くこの話をしてくれればよかったのに」

二人は手を握りあった。

「あなたはいつもわたしのことを自慢に思っていたでしょう？　がっかりさせたくなかったの。さあ、急いで町へ行って、楽しんでらっしゃい」

カプリはためらった。フランがせかせるように言った。

「ほら、ドックがクラクションを鳴らしているでしょ。急ぎなさい」

小さくため息をつくとカプリは母親に両手を回して軽く抱きしめてキスすると、急いでトレーラーから出ていった。町までの車の中、彼女は静かだった。母親のことを思った。あんなにきれいだったのに、ボードビルでの暮らしは好きではなかったという、母親の新しい面を理解しようとした。だが、どんなに母親の気持ちに同情しても、カプリにはどうしても振り切ることができない思いがあった。それは、自分だったらどんなにそんな暮らしが好きだろう！　という思いだった。

マットが恥ずかしそうに訊いた。

「ねえ、カプリ。クリーム・ソーダがほしい？」

たくさんの買い物を済ませて、すでにトラックに運び込んだところだった。いまはほんの少し腕に荷物を抱えているだけだった。風のない暑い日で、まるでバイオリンの弦のように熱気が長い山脈の上に横たわって動かない。ドックはがらくたの店に掘り出し物を探しに出かけた。

「ええ、おねがい！」とカプリは目を輝かせた。

いま二人はドラッグストアの涼しいブースに腰を下ろして、クリーム・ソーダを飲んでいた。マットが噴水のほうではなく、店の中に案内したとき、カプリは真っ赤になった。

「顔が赤くなった！」マットがからかった。

カプリはうなずいた。

「だって、まるでデートみたいだと思って。クリーム・ソーダを店の中で飲むなんて」と言うと、恥ずかしそうに付け加えた。「わたし、デートってしたことがないの」

「冗談だろう？　きみのようにかわいい子が？」マットは信じられないようだった。

カプリは首を振った。

「変に聞こえるかもしれないけど、ほんとうなの。農場にはわたしたち三人しかいなかったのよ。なんでもいっしょにしたの。ピクニックでもハイキングでも町へ出かけることも。一年に一回、クリスマスのときにはニューヨークへ行ったわ。一週間滞在してショーというショーを全部観たわ。シュー伯父さんの昔の友だちやエージェントに会ったり」カプリはにっこり笑った。「シュー伯父さんはいつもカムバックを夢見ていたんだと思うわ。ほら、偉大なアル・ジョルソンのように」

「でも、きみだって、友だちと学校に通っただろう？」とマットが訊いたとき、ウェイターが近づいてきた。それで彼は大人のような声で「クリーム・ソーダを二つ」と言った。

「ストロベリーのを」とカプリが言った。

「ぼくはチョコレートの」マットが言った。

「ええ、田舎の小さな学校に通ったの」カプリが説明した。彼にわかってほしかった。「十年生まであって、先生は二人しかいなかった。学校はほんとうに小さくて、生徒の数は少なかったわ。わたしの学年には、わたしのほかに男の子がひとりと女の子がひとりいた。男の子はいじわるな子だったわ！　でも、女の子は……」カプリの声が消えた。

彼女はその女の子を家に呼びたかった。が、フランがその子をからかうのではないかと心配だった。太っていて、そばかすだらけの子だった。名前はグリセルダ。グリセルダはカプリにはできないたくさんのことができた。

「驚いたな！　きみはそんなところで育てられたんだ？」

「地方の片田舎では、ほんとうにそんな暮らしなのよ」カプリがほほえんだ。「それに、シュー伯父さんとフランはショービズの人たちだから、近所の人たちはわたしたちのことを変わり者と思ったみたい。ほかの人とつきあいがなかったから、フランとシュー伯父さんはわたしのためにいつも特別なパーティーを開いてくれたわ」カプリはここで自分の話をやめて、恥ずかしそうに訊いた。

「あなたはいつ、ご両親と暮らすのをやめたの？」

マットはたんたんと答えた。

「二人が離婚したときからだよ。母さんは再婚していま三人の子どもがいる。父さんも二番目の奥さんとのあいだに二人子どもがいる」

「そうなの！」カプリはため息をついた。きっとつらかっただろうとマットに同情した。

「それで、叔母さんという人はいい人だった？」

彼は顔をしかめた。

「まあね。でも、おれが出ていったからって、べつに心配はしてないと思うよ。バイバイは簡単だったよ。ここのカーニバルに入れてくれたのがジャック・ラストなんだ」

「ジャック・ラスト」カプリが繰り返した。

マットはうなずいた。

「あいつはひねくれたやつなんだ。おれに手伝わせようとしたこともある」

カプリは心の中に浮かんだ疑問を口に出さないように、唇をかみしめたが、言葉が無意識のうちに口を出た。

「それで、手伝ったの？」

マットは落ち着いて真っ正面からカプリを見た。

「きみにだけ話をすると、じつは手伝ってもかまわないと思っていたんだ。なにもかももうどうでもよかった。おれのことなんか、だれもかまってくれなかったし。でも、おれ、協力しないって言ったんだ。でもそのときは、あいつが悪いことをしようとしているのを止めなかった。でも、止めざるを得なくなって、あいつとケンカをしたんだよ。どうしてもカーニバルのために許せないことだったから」

カプリはうなずいた。目が輝いていた。

「あなたってすばらしい人ね、マット。ケンカをしてけがをしてまでもミスター・クロームの財布を取り返してくれたんだもの」

「ソーダを飲んで」マットはうれしそうに言った。「おれのおごりだ。でもほんとうはそんなことではお返しができないほど、きみには感謝しているんだ」

「なぜ？」カプリはほほえみ返しながら訊いた。

「おれがジャックの計画に加わらなかったのは、きみのおかげだから」そう言って、マットはカプリをまっすぐに見た。「きみはとてもいい子だよ、カプリ。おれのことなんてまったくかまう必要なかったんだ。ほかの人間はだれひとりかまってくれなかったんだから。きみのおかげで、おれはまた練習を始めたんだよ」

「練習って？」

「きみさ、さっきからストローですごい音を立てて飲んでるね」とマットはからかった。

「うん、じつは毎日湖で練習しているんだ。三十メートルの高さから飛び込む練習だよ。おれのこと、雇ってくれないかな？」そう言って、彼はにっと笑った。

彼女も笑ったが、胸の中ではその前に彼が言ってくれた「いい子」という言葉が躍っていた。この人はわたしのことが好きなんだわ、わたしのことが好きなんだ！　初めて友だちができたんだわ！

「三十メートルの高さから？　うそでしょ！」彼女は言った。

「いや、真剣だよ。おれ、すごくいいアクロバット芸人になれると思うよ。おやじもそうだった。でもアクロバット芸人なんて掃いて捨てるほどいるから、目立つような大きなことをやらなくちゃならないんだ。そうしないと、人の目を引かないからね」

「でもマット、三十メートルの高さから飛び込むなんて！　それに、もうボードビルは死に絶えているエンターテインメントよ。そんなことをしてもむだよ」

マットが真顔になった。

「ボードビルは死んでないよ、カプリ。アメリカ中で復活しているんだ。みんな近くの町の劇場までボードビルを観に行っている。ナイトクラブでも、サーカスでも、映画もテレビもボードビルをやっているよ。ニューヨークのオールドパラス劇場でボードビルを再開したことは、きみだって知ってるだろう？」

カプリは体が震えた。

「ドックを見つけてちょうだい。そろそろ帰る時間だと思うわ」

こんなに賢そうな、しっかりと目的をもっているように見える人が、三十メートルの高さから飛び込む危険なショーを見せようとしているなんてどうかしている、とカプリは思い、目を凝らしてマットを見た。

第十二章

土曜日は強い西風が早朝から吹いて、低い空に浮かんでいた雲を吹き飛ばし、青空が広がっていた。前の晩は雨が降った。ダンシング・ガールズはモリーひとりを残してアルバニーに向けて出発した。彼女たちの出発後、回転式抽籤器の小屋の男たちや、ゲーム小屋などの持ち主が続いて出発した。あとにはハンキー・パンキー十セントゲームやボール投げ、スネークショーなどが残った。カーニバル会場の空いたところはもうじきモーターバイク・ショーの大テントや、ドックのすすめた見せ物小屋で埋められることになっていた。が、閑散としたカーニバル会場を見てモリーは悲しくなり、昨夜はずいぶん泣いたという。

カプリはフランシアもオーケーと言うようなすてきなコスチュームをアーチーのためにみつけた。町に出かけたときに古着屋でみつけた真っ白いタキシードだった。ママ・ブーンはそれを見ると、金色のカマーバンドとボーネクタイをどこからかみつけてきた。アーチーはそれを身につけると別人のようにかっこうよくなった。彼は髪の毛を染めないで自然の色に戻すことを考えていた。タキシードと同じくらい真っ白い髪の毛である。

またアーチーは探られてもぜったいにみつからない仕掛けボタンのついたテーブルも用意

した。その他にもニューアークからカラフ（水・ワインなどを入れる卓上用のガラス瓶）、ロープ、ベルベットのケープ、人が隠れられるほどの大きな箱などの手品の小道具が届いた。間に合わせのスポットライトの下で、ステージの左右を飾る厚いカーテンやきらきら光る飾りが用意された。

午後じゅうみんなが働いた。マジックショーのテントの入り口は外から人がのぞき込めないように、しっかり閉じられた。ベンチができ、マイクが用意された。ステージの上ではモリーがノコギリで半分にされるリハーサルが始まるところだった。

カプリはまだ仕掛けがまったくわからなかったが、リハーサルに同席していいと言われて興奮していた。

「どんな仕掛けなの？」と彼女はドックに何度も訊いた。

その場にいたのは、このショーに必要な人間たちだけだったのだが、モリーの体が半分に切られることを観客に信じさせるためにこんなに人数が必要なのかとカプリはひそかに驚いた。まずマット。彼は観客のひとりとして、舞台に上がって道具の点検をする。アーチーとモリー、それにグレイシーという痩せた女の人。彼女はときどき夫の代わりにポップコーンの屋台に立っている人だ。舞台ではちょうどアーチーがグレイシーのパンプスがモリーのとまったく同じものかどうかを調べているところだった。

「どうしてグレイシーがここにいるの？　それに、どうして靴が同じか調べているの？」カプリがドックに訊いた。

「きまってるじゃないか、彼女も出演するからだよ。ただし、客からは彼女の足しか見えないけどね」ドックが答えた。

カプリは突然雷に打たれたように体を硬くした。

「わかった！　二人の女の人が必要なのね？　それが仕掛けなのね？」

「まさかあんた、モリーがほんとうに二つに切られるとは思っていなかっただろう？」ドックがにやっと笑った。

「でも、それじゃ、グレイシーはどこに隠れるの？」

「見ててごらん。どこだと思う？」ドックが言った。

カプリはあごを両手において身を乗り出した。モリーの入った箱は、いま舞台の上に据え付けられている移動可能な台の上におかれている。その台はビリヤード台そっくりで、それに脚とキャスターがついているという代物だった。台には扉がついていたが、それを使うことはできないはずだ。客席から丸見えだからだ。それに舞台の床からだいぶ高いところにある。どこをみてもグレイシーが隠れることができそうなスペースはない。カプリは自分の観察をドックに言った。

「そうかい？」ドックがウィンクした。

カプリは説明した。

「台についている扉は客席から丸見えだからその中に隠れることはできないわ。その台は床から一メートルも上にあるし、モリーが入り込む箱はだれの目にも空っぽであることはわかるもの」

　ドックはうなずいた。

「だからマジックなのさ。あんたは初めから扉が使われないものときめつけているが、目に見えているものが見えていないよ」

「なに、それは？　教えて」カプリがせがんだ。

「グレイシーはあの台の中に隠れるのさ。ただしあの台の中の、もう一つの台の中にだがね」

　カプリは口をぽっかり開けた。

「でも、それにはあまりにも薄すぎるわ！」

　ドックはうなずいた。

「そう思うだろう。そう思わせるように作られているんだ」

　舞台ではアーチーがグレイシーに移動可能な台の上部の割れ目に頭から滑り込むように教えていた。そしてグレイシーがその中に姿を消すと、台はいままでどおりふつうの台にしか見えなかった。

「モリー、始めようか？　自分の役割を知っているね？」アーチーが声をかけた。

　モリーはうなずくと長い箱の中に横たわった。そして両手両足を箱に開けられた穴の中から出した。

「あれは、グレイシーの足なんだ。両手はモリーのだよ。頭もね」と言って、ドックはくすくす笑った。「モリーは箱の半分に体を縮めて入っているんだ。そしてグレイシーは下半身を扉を通して箱の穴から外に出してる。ほら、見ててごらん。アーチーが箱を半分に切る。

すると……」

カプリが目を輝かせて笑いだした。完璧だ！　アーチーは二つに切った箱のあいだに立っていた。モリーの体は半分にされ、下半身は完全に上半身から離されていた。

「さて、ここでわしが声をかけたら、モリー、あんたは両手をひらひら動かし、グレイシーは両足を動かすんだ。そこに寝ているのが蠟《ろう》人形だと客に思われないようにな。グレイシーが聞こえないといけないから、軽く箱をたたくよ」

グレイシーは聞こえたようで、両手とはまったく関係なく足を動かした。完璧にひとりの人間の体が二つに切られたように見える。

「オーケー。さあ、フィニッシュにかかるぞ。いままでやったことを逆さまにして戻るんだ。わしは二つの箱を一つにくっつける。マット、この台をぐるっと回してくれ。これはなにもトリックがないことを客に見せるためのゼスチャーだ。そのあいだにグレイシー、あんたは足を引っ込めて、モリー、あんたは体をまっすぐに伸ばしていまグレイシーが足を引っ込めた穴から足を出す。そして箱が開けられたとき、まるで真っ二つにされていた胴体がいまくっついたような顔をしてそこに横たわっていればいい」

みんなはアーチーの言葉どおりに行動した。グレイシーの足がちょうどいいときに引っ込められたかどうかは、カプリの位置からは見えなかったが、最後に箱のふたが開けられたとき、モリーはすぐそばに別の足があるかもしれないなどと人に決して思わせない自然さでそこに横たわっていた。

「ああ、ドック、これはすごい見せ物になるわ！　ねえ、わたし、アーチーに手品を習おうかしら？」

カプリは興奮して言った。

ドックはにっこり笑ってカプリの腕をつついた。

「きっとアーチーは、あんたにならできることを全部教えてくれると思うよ。あんたはこんなチャンスを彼に与えてやったんだから。そう思わないか、マット？」

だが、マットの答えを待たずにカプリは舞台裏へ急いだ。それからしばらくしてカプリが姿を現したとき、なにかが変わっていた。はっきりとどこと言うことはできなかったが、もうそれまでのカプリではなかった。


「カプリ、これをあなたに」大きな厚紙の箱を差し出したフランシアの目が輝いている。「今日の午後、町で買ってきたのよ、今晩のパーティーのために」

カプリはさっきからナイロンストッキングをはくのに手こずっていた。頭の中はいろいろな考えでいっぱいだった。手品のやり方、おしゃべりで観客を楽しませる方法、マジックの原則、最初のレッスンの面白かったこと……。目を上げると、フランシアが雲のようにふわふわしたドレスを両手に抱えて立っていた。

「まあ、いやだ！」とカプリはふざけて言った。「そういう種類のパーティーなのね？」

「それはそうよ、ダンスパーティーですもの。やわらかい照明、うっとりするような音楽……」

そうそう、そして数え切れないほどたくさんの若者とのダンス、でしょう？　とカプリは胸の中で言った。ふうん、そうはならないわ。でもフランシアにはどっちみちわからないんだから。カプリはドレスを着て悲しそうに鏡を見た。きれいだった。

「どう、そのドレス、好き？」フランが待ちきれない様子で訊いた。

「すごくゴージャスね」カプリは行儀よく答えた。

「とても似合ってるわ」フランシアがそっと言った。「ドックが車を用意したかどうか、見てくるわ。帰りも迎えに行ってもらいますからね」

ひとりになると、カプリは鏡に映ったドレスを着た姿をじっと見た。なかなかいいと思った。そしてひそかに満足した。だが、この先のパーティーのことを思うと、気が重かった。アーチーとモリーの最初のショーが見られるのなら、なにもいらないと思った。

歩くと、鏡の中の姿もシフォンを後ろになびかせてついてきた。

「全身白に包まれているわ。昔舞台に立っていたときのフランのように」とカプリは思った。だが、フランシアが白の舞台衣装を着るときはいつも、金色をアクセントに使っていた。

カプリはパチンと指を鳴らすと、部屋の中央で立ち止まった。それからフランシアのトランクに駆け寄り、毛布や靴などをかき分けてジュエリーボックスを探り当てた。思ったとおり、そこにあった。カプリはそっとそれをトランクから取り出した。中から重いイミテーションゴールドのネックレス――彼女の腕ほど幅のある――と、それとマッチするブレスレットが出てきた。子どものときにそれで仮装したとき以来、見たことがなかった。カプリはすばやくネックレスを胸に、ブレスレットを腕につけて鏡を見た。

きれい。彼女はもっと近寄った。すっかり別人のようだった。年上に、そしていつもよりずっときれいに見えた。カプリは片足を後ろに引いて深くおじぎをすると、タンゴのリズムで踊るふりをした。鏡に映る自分にうっとりと笑いかけると、彼女はターンした。拍手と歓声が耳に聞こえるようだった。

「カプリ」外からフランシアの声がした。「待っているのよ、どうしたの、急ぎなさい!」

「いま行くわ」と答えたが、カプリは動かなかった。その瞬間、彼女はずっと心の中にあったことで、いままでわからなかったことが初めてわかった。カーニバル、ボードビル、ショービジネスというものすべてが、自分の血の中にあるということ。シュー伯父の血のほうが、フランの血よりもずっとたくさん自分の中にあるのだ。それが全身に流れているのだ。だから、カーニバルは自分の故郷なのだ。フランシアにとってはけっしてそうではなかった。今晩はその最初の経験になるはずなのだ。そしてそれはほんの始まりで、これからほんものの自分のショービズの人生が始まるのだとカプリは確信した。このあとなにが始まるのかはわからなかったが、自分には舞台しかないのだと思った。

「カプリ!」フランシアが苛立った声を上げた。

カプリはすばやくネックレスとブレスレットを外した。いまはまだこれは必要ない。そして約束の印のように、それらをベッドの上に置いた。

第十三章

クローム氏のサマーハウスは、建築家のセンスのよさとクローム氏の経済力を示すに十分なものだった。その家は壊れやすいピンクの貝のような形で湖の水辺にせりだすように建てられていた。テラスの上には今日のパーティーのためにちょうちんがたくさんぶら下げられ、庭の片隅では小さいながら生のバンドが演奏していた。だが、カプリにとってはほとんど初めからこれは悪夢といってよかった。それはそこに到着してすぐにわかったことだった。

それはいままで夏をいっしょに過ごした親しい者同士が、なんの前置きもなく共通の話題を交わし合うようなパーティーだった。

「あの小川のこと、覚えてる?」とだれかが言えば、居間にいた者たち全員がどっと笑いだす、とか、「ねえ、あのときマーティーのカードはすごかったわねえ」というような知っている者同士の会話が交わされた。

マーティーのことも小川のことも知らないカプリはますますいっしょに笑うことができなくなっていった。

クローム氏の息子ピーターは痩せた背の高い男の子だった。やさしい目と屈託のない笑顔をしていた。ほかの男の子たちもみんな屈託なくやさしそうだったが、そのやさしさの対象にカプリは含まれていなかった。ダンスが始まると彼女はひとり残され、オレンジ色とブルーのライトの下にできるだけ体を小さくして立っていた。家の鏡の前で得意絶頂だった思いなどまったくしぼんでしまい、いまはただ消え入らんばかりだった。これは楽しむというよりも耐える晩になりそうだった。

リンダとキティという子たちがいた。ほかにも女の子たちはいたが、この二人がとくに目立った。彼らは次々にダンスを申し込む男の子たちとひっきりなしに踊り、小さな声でしょっちゅうみんなにニックネームで呼んで話しかけ、女王のようにウィットのある受け答えをしていた。

ぶどう棚の下に立っていると、後ろからドンとぶつかった人がいた。カプリが振り返って大きく笑いかけると、その少年は気まずそうにそそくさと行ってしまった。まるで彼女に引き留められそうだと思ったかのように。自分はだれも知らない、だれにとっても新しい人だからだ、とカプリは自分に言い聞かせた。だが、カプリはいままでずっと、どこでも、知らない新しい人という扱いを受けてきたのだった。カーニバル以外では。

彼女は椅子のほうへ行き、腰を下ろした。その顔には、すてきなパーティーね、わたしはとても楽しんでいるわ、そうではないようには見えないはずよ、という笑いが張り付いていた。

そんな笑いを装うつもりはなかった。だがそれはいつも人々が教会や駅などで知らない人に話しかけるときに装う、元気そうな特別の顔つきだった。カーニバル会場は何千キロも離れて感じられた。ほんの少し目を上げれば、湖の北の空にカーニバルの上空を照らすスポットライトが見えたにもかかわらず。

「踊ってくれますか？」

カプリは驚いて相手を見た。ニンジンのような赤い毛の、十二、三歳の男の子が真っ赤になって目の前に立っていた。彼女の席の後ろのほうからくすくす笑いが聞こえてきた。赤毛の少年が思い切ってダンスの申し込みをしているのを笑っているのだろう、とカプリは想像した。

「ええ、よろこんで」と言って、彼女はさりげなく、それでも頭を高く上げて少年の手を取った。壁ぎわに立っている苦痛から解放されるだけでありがたかった。

「いままでぼく、あなたを見たことがあるかどうか、わかりません」と少年は話し出した。

「夏の間、ここにいるんですか？」

カプリは少年が胸の内で「ワン・ツー・スリー、ワン・ツー・スリー」とステップを数えているのが聞こえた。

「ええ、あなたはわたしを見かけたことがないと思うわ。それに、わたしたち、あしたにはもうこの町を引き揚げますから」とカプリは笑って言った。

少年はうわのそらでカプリの言葉を聞いているようだった。

「それは残念ですね」と言ったとたん、少年はカプリの足を踏んでしまった。「でも、あなたはきれいに日焼けしていますね。どこに泊まっていたんです？」

カプリは息を深く吸い込んだ。

「カーニバルに」と言って彼女はにっこり笑った。「見に行ったことある？」

これを聞いて赤毛の子はすっかりとまどって、今度はカプリの両足を踏んでしまった。

「カーニバルに泊まっているって、どういう意味？　どうしてカーニバルに泊まることができるの？」

「どうしてって」と彼女はさらりと受け答えた。「それはとてもかんたんなことよ。わたしの母さんとわたしがカーニバルのオーナーだから。わたしたちカーニバルの中でトレーラーに住んでいるの」

赤毛の男の子はフロアの真ん中で立ち止まってしまった。すっかり当惑している。ショックと驚きが顔に表れていた。

「あの……、あなたは留置場に入っていたことあるの？」

カプリは笑いだした。

「いいえ。でも今日の午後はずっと、女の人の体が真っ二つにされるのを見ていたわ」

少年の口がぱっくりと開いた。

「信じられない！」彼はカプリの腕を取ると、ダンスフロアの隅のほうに引っ張った。「どうやるの？」

その顔には好奇心がありありと浮かんでいた。

「そんなこと、教えることはできないわ」カプリが言った。

「知らないんでしょう？　ただ冗談を言っているだけなんだ」

「いいえ。知ってます。だって、わたし自身マジシャンになろうとしているんですから」

いまや赤毛の子の顔には驚きだけでなく称賛が浮かんでいた。

「なにかトリックを見せてくれる？」

「マッチが一箱あるといいんだけど？」

「あるよ！　さっきちょうちんのろうそくを灯したから、ポケットに持ってる」

カプリはそれを手にとった。うまくいきますように、と心の中で祈った。ゆっくりと、手元が見えないように用心しながら――だが、この観客はうぶだからだいじょうぶかも――、彼女はアーチーから教わったマッチを指のあいだから現しては隠し、現しては隠す芸をしてみせた。

「すごい、すごい！　ほかにもなにかやって見せて！」

少年が言った。

カプリは考えた。

「ちょっとここで待ってて。すぐに戻るわね」

大きな居間まで行くと、探しているものがみつかった。そしてまたダンスフロアに戻ると、赤毛の男の子は観客を大勢集めていた。

「みんな見たいって。さあ、なにか見せてくれる？」少年は目を輝かせた。

プロフェッサー・アーチボールドの直弟子カプリは、静かにソーダのガラス瓶に水をそそぎ込んだ。それからみんなに水の入った瓶を指さして見せると、ゆっくりとそれを逆さまにした。うまくいった。水は一滴も落ちなかった。

「ウワオ！」少年は感激のあまり、大きな叫び声を上げた。楽団が演奏を中止した。ダンスフロアの人たち、楽団の人たちみんなの目が、カプリを囲んでドア近くに立っている少年たちの上に注がれた。

「どうしたんだい？」ピーター・クロームが声をかけた。

「見て！」と少年はカプリがまだ逆さまに持っている瓶を指さした。「もう一度さっきのマッチの手品、見せてよ！」

「もういいでしょう」カプリは穴の中に入りたかった。

「いや、どうぞ、見せてくださいよ」ピーターが言った。そしてダンス相手のキティをフロアの真ん中に残してカプリのほうにやってきた。

そのあとの数分間は、カプリにとって自分が見せた、そしてとてもうまくいったマジックと同じほど不思議な時間になった。ファンファーレが鳴り響いたわけでもなかったのに、彼女はその晩のパーティーの中心になったのである。

「彼女はマジックショーをやっているんだよ」赤毛の少年が声を張り上げた。「カーニバルで。彼女がカーニバルのオーナーなんだ。女の人をノコギリで真っ二つに切るんだって！」

「どうやって？」だれかが訊いた。

「それは秘密なんだ」少年はさも重大そうに言った。

「ぼくはまだ一度もそれを見たことがない」ピーターが言った。「きっと、面白いと思うよ」

「どうやるのか、話してもらおうよ」年下の子どもたちが声を上げた。力ずくでも、という意気込みだった。

「ぼくにいい考えがある」と言ってピーターは時計を見た。「これから三十分ダンスして、そのあとみんなでカーニバルへ繰り出そうか？」

「賛成！」歓声が上がった。

楽団がふたたび演奏を開始した。赤毛の少年が勢いよくカプリのほうにやってきた。今度は後ろからひそひそ声は聞こえなかった。

「踊ってくれる？」男の子は自信たっぷりにあごを上にあげた。

「悪いけど」ピーター・クロームが横から言った。「彼女はぼくと踊るんだ。どうぞそうしてください。ぼくが今晩のホストなのに、失礼してまだきみと踊っていなかったので」

彼らがダンスフロアに滑り出したとき、カプリの顔が語っていたこと。それはだれの目にも明らかだった。すばらしいパーティーね！　それは見せかけのものではなく、心からの感想だった。


十時、三台の車がカーニバルの入り口に乗りつけ、中からにぎやかな若者の一団がタキシードとイブニングドレスで現れた。

「いいのよ、チャーリー、お代は」切符売り場に走って、カプリが売り場の男に言った。「わたしのお客様なの。みんなでマジックショーを見に来たのよ」

「この人たち全部をあんたが連れてきたというのかい？」

チャーリーが声を上げた。

カプリはうなずいた。

「そうよ。みんな、来たいっていうんですもの」

チャーリーは耳を掻きながら言った。

「あんた、魔法でもかけたんじゃないのか？」

「そうなんだ」ピーター・クロームが口を挟んだ。「あんなに早くパーティーが終わったことはいままで一度もない」

みんなをゲートの中に入れながら、カプリはこの人たちにカーニバルとマジックショーがどう受け止められるだろうかと責任を感じた。カーニバル会場の上からぶら下がっているライトは風に揺れてまるで大きな蛍のように光っていた。どの小屋も明るく、輝いて見えた。メリーゴーランドではサボがカプリに声をかけたし、ママ・ブーンは小屋の中から意味ありげなウィンクを送ってきた。

「あんたのショーはうまくいってるよ。さっきから入り口の前に行列ができている」

たしかにまだ行列があった。スリム・ゲーブルが星条旗のスーツを着ていた。アンクル・サムによく似ている。立ち台の上から「いらっしゃい、いらっしゃい、いらっしゃい！」と太いしゃがれ声で叫んでいた。「偉大なプロフェッサー・アーチボールドのマジックショーはこちらだよ！」

カプリの姿を見ると、スリムは彼女に耳打ちした。

「こりゃすごいね。なぜあんた、これだけの人を毎晩連れてこないんだい？」

「やってみるわ」カプリも調子を合わせた。

「あんたの母さんがちょっと前に入ったよ。あたしゃ驚いたねえ。そしてあんたが用意していたのがマジックショーだったと知ったときにゃ、あの人も驚いたと思うよ。ここの前に立って看板を見たとき、そりゃ変な顔をしてたぜ」

「それじゃ、母さんはまだ中にいるの？」

「すくなくとも出てくる姿は見かけてないよ」とスリムは言って、また体を起こした。「いらっしゃい、いらっしゃい、いらっしゃい！」

グループはしゃべりながら中に入り、いちばん前の席に陣取った。彼らに席をすすめながらカプリは見物席を見渡した。ダンスパーティーを早々と引き揚げて、みんながモリーの体が真っ二つになるのを見に来たこの展開をフランシアが喜ぶかどうか、不安だった。やっと通路のそばにフランシアの姿をみつけて手を振った。だいじょうぶ。フランシアは笑顔だった。その笑顔はいっしょに来たみんなにも向けられていた。

カプリはフランシアから目を移した。通路の反対側にいるマットの姿が目に入った。彼は不機嫌そうにピーター・クロームをにらんでいた。着ているもののよさ、自信、そして彼のやわらかな物腰を見ている。それからチラリとカプリのほうに目を移した。傷ついたようなその視線に堪えられず、カプリは目を伏せた。マットの姿にはいつもの自己防衛の装いはなく、カプリは彼がいままでどんなに傷ついてきたのか、ぜんぶ見えたような気がした。いままで彼がどの道を取ったらいいのか途方に暮れていたのだということも、その瞬間カプリにはよくわかるような気がした。テントの中のライトが暗くなり、消えた。マットの顔も見えなくなった。観客は固唾《かたず》を呑んで舞台を見守った。

四十五分後、マジックショーが終わったとき、もはやマットの姿はなかった。

「面白かったねえ」赤毛の少年がカプリの耳にささやいた。彼は今晩カプリの相手であることを誇らしく思っていた。「あのマジシャンに会えるかな?」

「ええ、ほら、こっちに来るわよ」とカプリは言った。「そしてみなさん、わたしの母を紹介します」

全員が立ち上がって円になった。そしてみんないっせいに話し出した。

「すばらしかったわ」フランシアがカプリに言った。「カプリ、あなたとプロフェッサーはよくやったわ。準備からステージまで、たいへんだったでしょう。わたしにはわかります」

「よかった? うまくいったと思う?」アーチーが現れた。

カプリはうなずいた。アーチーが才能のあるアーティストであることは十分にわかった。ステージでの語りはじょうずだったし、コスチュームもすばらしかった。カプリは自分がカーニバルのためにした最初の仕事が成功したとわかって、うれしくて仕方がなかった。もちろん自分の貢献はアイディアの部分だけであることは十分に承知していた。

だが、欠けているものがあった。

「ちょっとごめんなさい」と言ったが、だれも彼女が通路を走ってテントを出るのに気づいた様子はなかった。欠けているのはマットだった。彼もマジックショーを成功させた大事なひとりだった。彼もまたいっしょに成功を喜ぶべきだった。カプリのほうを見たときの、自尊心が傷ついた様子が気になってしょうがなかった。

いっしょに来た人たちはたんなる観客にすぎないということが、どうしてわからないのだろう。カーニバルはわたしたちのものなのだ。わたしたちというのは、マットとわたし、ドックとママ・ブーン、スリム、サボ、そしてフランシア、カーニバルみんなのものなのだ。

だが、マットの姿はどこにもなかった。カプリは観覧車、メリーゴーランドと、心当たりのあるところを探し回った。厨房にもヴィンシー・ネブスの小屋にも、どこにもいなかった。カプリはつま先立ちして、人がだんだん少なくなってきたカーニバル会場を見渡した。そして、ほかのだれもまだ気づいていない、たいへんなことに気がついた。

マジックショーのテントの上から、煙が細くゆっくりと立ちのぼっていた。わずかだったので、ほとんど目立たなかった。まるで煙を吐くカタツムリがテントのてっぺんからゆっくりと出て、姿を消し、またほかのところから現れるような、そんな動きだった。カプリが、いったいこれはなんだろうと目を凝らして見ているうちに、テントの後ろのほうから黒い煙が大きく立ちのぼった。マジックショーのテント全体に火がついた。煙の中から突然赤い火が高く上がった。そして空に張りめぐらされているロープなどをたちまち燃やしだした。明かりが消えるのとカプリの悲鳴が上がったのは同時だった。カーニバル全体が真っ暗な中で大混乱に陥った。

第十四章

マジックショーのテントを火から救い出すことはまったく不可能だった。まるで獲物に跳びかかろうと力をためていた動物のように、火はあっという間にテントを焼き尽くした。パニックに陥った人々は口々に「火事だぞ！　逃げろ！」と叫びながら駆けだした。

ポップコーンの屋台は押し倒され、人々はみな出口に向かった。カーニバルを囲んでいたキャンバス地の布はまるで牛の群れに踏み倒されたようにめちゃめちゃになった。暗闇で出口を探しながらただがむしゃらに前に前にと進んだ人々には、ほとんど消火を手伝う余裕もなかった。

フランシアとアーチーをマジックショーのテントから救い出そうとしていたスリムのそばに、いつのまにかマットの姿があった。彼らは力を合わせてそのテントの周辺の小屋を取り払い、テントの布を火から護るため次々にたたんだ。

いちばん近い消防署は十キロほどのところにあったが、電話をかける時間さえなく、その場にいた者たちは客、カーニバルの人間のちがいもなく助け合った。

風が手強い敵だった。一晩じゅう吹き荒れていて、いまやそれがなによりも危険だった。

燃えさしや厚紙などが風にあおられて空に花火のように舞い上がった。最初は大きくふくらんだ一つの火だったものが、あっという間にはじけ、いくつもの小さな火になって燃え始めた。

火消しの作業は、火がぼんやりと照らす薄暗がりの中でおこなわれた。ドックは観覧車のてっぺんにのぼり、テントの屋根を見下ろして、火の燃える方向を大声で知らせた。

「ママのテントに火が移った」ドックがその高い位置から大声で言うと、下の連中はまるで軍隊のように前進した。それもおかしな軍隊だった。土嚢《どのう》やほうきや棒などが彼らの武器だった。

「サボのトレーラーハウスの屋根に火がついた！」と言えば、軍隊は小隊に分かれ、火消しに向かった。

すでに焼け落ちたカーニバルのゲートに、消防車が着いたころには、プロフェッサー・アーチーのマジック小屋は跡形もなく燃え落ちていた。

「これでおしまい」ママ・ブーンが肩をすくめた。

カプリは彼女をちらっと見た。急いだのか、ママ・ブーンはドックの古いダンガリーと洗いざらしのシャツを着ていた。顔じゅうすすだらけだった。そして手にはさも大事そうに斧を持っていた。まるで先住民と戦った開拓民のおばあさんのように見えた。カプリは笑いたかったが、笑ったら泣き出してしまうような気がしてできなかった。そのかわりにメリーゴーランドのほうへ行き、ぼんやりとあたりをながめていた。

フランシアが心細そうな声で言った。

「被害はどれくらいかしら、ドック？　それほどひどくはないでしょう？」

「だいじょうぶ、だいじょうぶ」ドックがなぐさめた。「落ち着いて。私とサボにまかせて、あなたはトレーラーで休んでいてください」

「なにを言っているんだ、ドック」サボが口をはさんだ。「事態は深刻ですよ、ミセス・マッコム。悲観的な見方はしたくありませんが……」

「あんたは悲観的なだけじゃない。まちがってる！」ドックがさえぎった。「辺りをよく見てみろよ、ニック。テントが燃えたのはマジックショーのテント一つだけだ。それとキャンバスの天幕と。なにがそんなに深刻だと言うんだ？」

サボは驚いたようだった。

「おまえこそなにを言っているんだ？　火が燃え移ったのをおまえだって見ただろう。大きく広がったのを」

ドックは肩をすぼめた。

「自分の目で見てみろよ、ニック。カーニバルは運がよかったんだ」

フランシアが静かに言った。

「あなたのおかげよ、ドック。もしあなたが火のまわりのテントをたたんでくれなかったら、あっという間に広がってしまったでしょうよ。あの風でしたからね！」

彼女は震えて、すすで汚れたセーターを着ている自分の体を両腕で抱きしめた。

「ちょっと行ってみてくる」

と言うと、サボは消えた火をつついている消防夫たちのほうへ足を向けた。

「ドック」フランシアが話しかけた。

「はい？」

フランシアの声は聞き取れないほど低かった。

「あの……、あしたカナダシティに移れるかしら、わたしたち？」

カプリは立ち上がってフランシアのそばに行った。ドックにもフランシアがいまにも泣き出しそうなのがわかった。カナダシティに移るのはフランにとっていまいちばん重要なことだった。それはすでにキャンセルすることのできない強迫観念になっていた。

「だいじょうぶ、きっとやれますよ」ドックはやさしく言った。「計画どおり明日出発できますよ。今晩徹夜で働けば、きっと間に合う。そして最後の仕上げはカナダシティでやればいいんです。ぎりぎり間に合うと思いますよ」

フランシアはほっとしたように深いため息をついた。

ドックが心配そうに付け加えた。

「ミセス・マッコム、あなたはもうトレーラーに行って休むほうがいい。ニックと私がこのあとは引き受けますから」

「でも、わたしはここにいるべきだわ。少なくとも、消防署の人たちが引き揚げるまでは」

「わたしにさせて。わたしがここに残ります」カプリが懇願した。

「わかったわ」フランシアがうなずいた。

ママ・ブーンに付き添われて、フランシアはトレーラーに引き揚げた。

「それじゃ、ぼくもこのへんで帰ることにしようかな」

という声がして、カプリが振り返ると、ピーター・クロームが立っていた。彼女はすっかりピーターのことを忘れていた。

「ピーター！　まだここにいたの？」

「ああ、もちろん！」ピーターが笑った。「きみは思ったよりたくさん仕事を与えてくれたからね」

カプリも笑い返した。

「ほんとうにありがとう、手伝ってくださって」

ピーターの後ろに目をやって、カプリはドキッとした。

「マット！　どこにいたの？　わたしさんざんあなたを探しまわったのよ……」

マットはうなずいた。

「あんなふうにマジックショーから抜け出したのはバカだった。おれ……、頭に来てた。それでちょっと頭を冷やそうと思って、湖に泳ぎに行ったんだ。あんなこと、しなきゃよかった。おれがここにいたら、早く火をみつけたかもしれなかったのに」

「被害は思ったよりも小さかったのよ、マット。よかったわ」

「失礼、ぼくはこのへんで帰ることにするよ。それじゃ、リンカーン、会えてよかったよ」

マットの顔はすすと油ですっかり汚れていたが、ピーターのあいさつに応える顔は明るく、心からの笑いを浮かべていた。

「あんたがここにいてくれてよかった」

ピーターは笑い返した。

「それはぼくが言うセリフだよ。カプリ、消火作業をしていたとき、彼は急にぼくを布で叩きはじめたので、ケンカを仕掛けられたのかと思ったのだけど、じつはぼくの髪に火がついて燃え出していたんだ。彼がそれに気がついて、消してくれたんだよ」

彼らがまだ別れのあいさつを交わしているとき、消防署長がやってきた。表情が険しかった。

「ミセス・マッコムはどこです？」

「今日はもう引き揚げました」カプリが答えた。「わたしでもいいでしょうか？　母はとても疲れていたので、休むようにすすめたのです」

「娘さんですか？」

「はい」

消防署長は黙って新聞紙を広げて見せた。ぼろぼろになった燃え残りのキャンバス地の布の切れ端があった。

「これが何だかわかりますか？」署長が訊いた。

「ええ。でも、これはどういう意味なのですか？」

署長はキャンバス地の残骸をつまみ上げた。

「これは燃えかすです。風で飛んでしまったものですよ。だが、嗅いでごらんなさい。まだ石油の臭いがする。ほかにも、石油を浸した布きれがみつかってます。つまり、テントは何者かによって意図的に放火されたのですよ」

「そんな！　なにかの間違いでしょう？　そんなことをする人がいるはずないわ！」

消防署長は首を振った。

「いや、たしかです。これは放火にちがいない。でなければ、あんなに早く火が回るはずがないのです。私がここで訊きたいのは、この事実をどうしてほしいか、ということですよ」

「わ、わかりません……。わかっているのは、明日の朝、カーニバルはカナダシティへ移るということだけです。どうしてもそうしなければならないんです」

署長は首をすくめた。

「ずいぶん無理をするんだな。仕方がない、自分で自分の首を絞めることになりますよ。わたしは職務上の義務を果たしました。いいですか、かならずこのことをお母さんに伝えるのですよ。それではこれで」

署長は消防団員たちのほうへ戻っていった。カプリが小声で言った。

「イカサマ師たちの仕業じゃないわね、今回は。あの人たちは昨日のうちに出ていったから」

「いや、まだだれか残っているかもしれない」と言ったのは、サボだった。自分の言葉を強調するように、あたりをぐるりと見回した。

ドックが石を蹴った。

「どうもいやな予感がするな。おれは好かんぞ、これは」

サボは残念そうに首を振りながら言った。その目はカプリを見ている。

「これであんたのお母さんは、もっとキリキリするだろうな、遺憾なことだ」

「でも、母に話す必要はないですよ。少なくとも、あと数日は。とにかく、この火事のショックから立ち直るまでは黙っているわ」

「それはいいアイディアだ」サボが言った。

ドックは首を振った。

「いや、おれは早く知らせたほうがいいと思うな」

「月曜日に言います」カプリが言った。「それまでにわたしたちはカナダシティに着いているでしょうし、そのころにはこの火事のことは、悪い夢を見たと思えるほどになっていると思うの」

みんなは一応カプリの意見にうなずいて別れた。だが、ベッドへ行ったのはカプリだけだった。夜中、ときどき目を覚ましたカプリは、カーニバル会場を照らすライトや、ドックが雑役の男たちに修理を指図する声を聞いては、安心して胸をなで下ろした。

道中はだれもが歌を歌っていた。スリムのトラックに乗ったカプリは、高い運転席の隣に座って、ときどき風に声がさらわれるとき以外はみんなのしっかりした大きな声があたり一面に響き渡るのを感心して聞いていた。たいてい陽気な歌ばかりだった。が、カナダシティに近づくにつれて、それはしだいにもの悲しいものに変わっていった。

「長い長い道が、夢に見た遠い国まで続いている……」

カプリは膝を抱いて耳を傾けていた。その歌を聞くといつも泣きたくなるのだった。歌のもつ言いようのない悲しさが彼女の心をとらえて離さなかった。グラディス・ネブスの声がきわだって聞こえた。ソプラノで、強く自信のある、心に響く誠実な声だった。グラディスの赤ん坊たちは後ろのトレーラーで眠っていた。グラディスは子どもを連れての放浪の暮らしが好きなのだろうか、とカプリは思いを巡らせた。

カプリは夢を見ているような口調で言った。

「わたし、毎年春と夏、カーニバルの一団の車が農場のそばを通るのを見ていたわ。いつも朝早い時間だった。でも、来ればすぐにわかったの。ベッドのそばに窓があって、そこからワゴンの中の人たちのことを想像したものよ。幸せかしら、どんな暮らしをしているのかしらって」

「それで、いまはどう思う？」スリムが訊いた。ハンドルをしっかり握って運転している。

カプリはほほえんだ。

「このような人たちに、会ったことないわ」

「これからもきっと会わないだろうよ」カーブにさしかかり、スリムは後ろのトレーラーをバックミラーで見ながら言った。「いいこと教えてやろうか。カーニー、つまりカーニバルの人間は、カーニバルに入るように神様から命じられたようなところがあるんだ。天職というか……。それはでかいもので、自分の意志では変えられないほどのものだ。いつもその先の角を曲がったらなにかあるんじゃないかという期待があるんだ。だがカーニバルはくだらない空騒ぎでいっぱいで、手にとって確かめられるようなしっかりしたものじゃない。普通の人の標準からみれば、だけどな」

「標準って?」

スリムは笑った。

「あんたはたとえば、一日三度、食事するだろう? 静かな暮らしをして八時間眠っているだろう? もしカーニーに人を十二人送り込んだら、もっとほしいと言うだろう。家を与えたら、太いロープでぐるぐる縛って、家の下に車輪を入れてトレーラーにしてしまうだろう。そういう種類の人間だよ、カーニーというのは。それはサーカスやボードビルの人間たちとはまたちょっとちがう。この二つのうちではボードビルの人間のほうがカーニーに近いかもしれないが」

「どうして?」カプリが目を大きくして訊いた。

スリムはにっと笑った。

「カーニーになるのに特別のタレントは必要ないからさ。カーニーはそうなるように生まれついているんだ。カーニバルに入れるような工夫をする。そうさな、あんたの母さんのようなカーニバルのオーナーを困らせるようなことを考えつくんだよ。そしてカーニバルの人間になると、町の人間の金をごまかしたりするやつも出てくる。一年の三分の二はそんな生活、残りは南のほうへ行って、今度はだれかほかの人間にだまし取られる。そんな暮らしだよ。まったくね！」

スリムは首を振りながら話を続けた。

「だが、サーカスの人間となると、ちがう。あいつらはアーティストだ。技術を身につけている。だから彼らは同じ芸人でもトップにいるんだ。カーニバルの人間はどちらかと言えば下のほうだ。そしてカーニーたちはそれを知っている。だがそれがどうしたというんだ？ときどきラジオのように高いものを買ったり、二足三文のものを買ったりする。あ、二足三文のほうはカーニバルの小屋の賞品になるものだがね。そしてカーニバルのオーナーにショバ代を払い、あとは飲み食い、寝るところのために払うと、何にも残りゃしない。だが……」スリムはここでまたにやりと笑った。「それでも、次のコーナーを曲がると、また七色の虹が輝いていると思い込んでいるんだ」

「あなたはどうしてよそに行かないの？」カプリが訊いた。「だって、あなたはいろんなところで働いてきたでしょう？　それにあなたのお母さんはサーカスの人だっていうし」

「ああ、おれは両方の世界をまたいでいる。だが、おれの扁桃腺がカーニバルがいちばん好きだと言ってるんだ。おれはカーニーだよ。そういうこと。なんでもできる器用な男、だがどれも中途半端なんだ。転がる石だよ」

スリムは道を横切る犬に陽気に警笛を鳴らした。

「あんたの母さんはプロのイカサマ賭博師を追い出すのに必死だ。だがね、やつらを入れないカーニバルなんてめったにないもんさ。まあ、大きなカーニバルは別だがね、この程度のカーニバルならあたりまえのことさ」

「でも母さんはいままでのところはうまくやっていると思うけど」カプリが言った。

スリムは運転しながらチラリとカプリを見た。

「そうかな、そうとばかりも言えないかもしれないぞ。これ、忠告として言っとく。ミセス・マッコムがオーナーになってから、これは二度目の火事だろう？　あんたの母さんはバッドラックをもってきたと言ってる人たちもいるよ。ニック・サボのほうがよかったという者もいる」

「バカみたい。わたしたちがこのカーニバルのオーナーなのに」カプリがぷりぷりして言った。

スリムは肩をすくめた。

「とにかくそういううわさがあるということだよ」

彼らは黙って真昼のカナダシティの町を通った。高層ビル街を通り過ぎたあと、スリムはほこりっぽい道に入った。前方にカーニバルのトラックがすでに数台停まっていた。

「着いたぞ」スリムがぶっきらぼうに言った。「目的地だ」

「ここが？」カプリが驚いて聞き返した。

スリムは大きく息を吐き出し、痩せた脚を伸ばした。

「さあ、新しい土地でまた一稼ぎするか。降りるかい？」

カプリはすなおにうなずいてドアを開け、飛び降りた。そこはカナダシティの町はずれだった。百メートルも離れていないところに鉄道のレールがあって、その上を貨車が走っていた。右手の工場の高い煙突からは黒煙がもくもくと上がっていた。木は一本もなく、町の上空には汚れた大気が夏の太陽に照らし出されていた。左手の灰色の空の下に町の中央部がある。この町はずれの空き地には草がぼうぼう生えていて、町からの風が草をなびかせていた。カプリの目には、これ以上ないほどうらぶれた景色だった。

「湖が恋しい？」振り返るとマットが立っていた。

「恋しいどころじゃないわ。できることなら、いますぐにでも戻りたいわ！　カナダシティはもっと都会的で、きれいな町だと思っていたのに」

「テントを立ち上げたら、それほど悪くないところだと思うよ。おれはもっとひどいところを見たことがある。それにキャプテン・サウスランドがモーターバイク・ショーの一座を連れて乗り込んできたら、にぎやかになる。そしたらこのだだっ広い草地があっというまに埋められてしまうから」

黒い大きなセダンが彼らのそばを通り過ぎた。ほこりが立ち、カプリが顔をしかめた。

「あれ、警察の車だよ」マットが言った。

「ほんとう？」

二人はその車がスピードを落とし、止まるのを見守った。背の高い男が車から降りてドックに声をかけた。ドックは話を聞いて指さしてみせた。男はうなずくと、フランシアとサボが荷物下ろしを指図しているトラックのほうへ歩いていった。

マットがため息をついた。

「あれ、シェリフじゃないかな？　なにか注意しに来たんだ、きっと。カナダシティにビジネスをしに来る人間を警戒しているんだよ」

「わたしたちだってそうだわ。もっと近くに行きましょ」

「おれも？　いや、おれはこのへんでもう行くよ。仕事、仕事。飯を食うには働かなくちゃ」

マットは明るく笑い、とんぼ返りをしてみごとにぴたりと両足をそろえて地面に降り立つと、そのまま食堂のテントのほうへ走っていった。

ドックとスリムはこわれた発電機をのぞいていた。二人ともしかめ面をしている。その向こうでフランシアとシェリフが勢いよく言葉を交わしていた。カプリは近くまで行って、トレーラーのステップに腰を下ろした。この町に来た最初の今日、自分はなにをしたらいいのだろうかと思いを巡らせながら。

シェリフの背中が見える。話しているのはほとんどフランシアだ。ルーズなセーターを着て、だぼだぼズボンをはいている。両手を動かして熱を込めて話している。その声が風に乗って少し離れたカプリのところまで聞こえてきた。

「あなたがなにをお聞きになったのかわかりませんが、どうぞご安心ください」その声は緊張してきんきんと響いている。「このカーニバルではイカサマ賭博はしていません。去年なら、また先月なら、あったかもしれません。でもいまはわたしがこのカーニバルのオーナーです。トビー・ブラザーズ巡業カーニバルはこの国でいちばん大きいカーニバルでも、いちばん派手なカーニバルでもないかもしれませんが、イカサマ賭博だけはやっていません。どうぞこの町の風紀委員会とやらに、わたしたちは与太者の一団ではない、ちゃんとしたビジネスをする人間たちだと、そうお伝えください」

「しかし、ミセス・マッコム……」シェリフがもぞもぞと話しだした。

「もうけっこうです！」フランシアは激しい剣幕でさえぎった。「あなたの話はよくわかりました。わたしの話も同じくらいはっきりおわかりいただけたかしら？」

シェリフはフランシアに背を向けて、しかたがないというように両手を広げて肩をすぼめた。皮肉にもユーモラスにも見えた。フランシアの剣幕に驚いた様子がその表情に表れていた。彼の目がカプリの上に留まったかと思うと、その顔に驚きが浮かんだ。

「これは驚いたな、カプリじゃないか？　どうしたんだね？」

カプリもまた目をみはった。

「まあ、ミスター・ゲイフェザー！」

男の顔に笑いが広がった。驚いて興奮しているようだった。

「いったいきみはこんなところでなにをしているのかね？　お母さんといっしょにカーニバ

ルを見に来たのかい？」

二人は握手を交わした。

「農場はどうなっています？」カプリが訊いた。

「なんとか、頑張っている。が、手間がかかってたいへんだよ」と彼はすぐに応えた。「それで、きみのお母さん、あのすてきなフランシアはどうしているのかね？　いっしょにカナダシティに来ているのかい？」そう言うと、彼は少し恥ずかしそうに付け加えた。「わしは彼女をよく知っているような気になっているよ。書斎にはいまでも彼女のポートレートが掛かっている。ぜひとも実物に会いたいものだ」

カプリは笑いだした。

「もう会ったじゃありませんか！　いまもあなたの後ろに立っていますよ。フラン、こちらはわたしたちの農場を買ってくださったミスター・ゲイフェザーよ」

フランシアは信じられないというように首を振った。

「あの花束をくださったかた？」顔が真っ赤になった。「この前のときもシェリフでいらしたの？」

二人が目をみはって立ちつくしているのを見て、カプリは笑いだした。

「でも、わたしたちもあのときはもうカーニバルのオーナーだったのよ！」

金縛りから先に抜け出したのは、ゲイフェザーだった。おじぎをしてにこやかにフランシアに話しかけた。

「そんなにシェリフがお嫌いですか、ミセス・マッコム？」

フランシアは体を硬くした。

「あなたこそ、カーニバルの団長をどうしてそんなに警戒なさるのですか？」

その言い方は冷たかった。フランシアが手を差し出すと、ゲイフェザーはそれを握り返し、それで少なくとも形式上の儀礼は交わされた。

フランシアがカプリに言った。

「今日はまだまだしなければならないことがたくさんあるわ。もしミスター・ゲイフェザーがお許しくだされば、あなたはこれで失礼したら？」

「あ、それはもちろんですとも」

ゲイフェザーは言った。そして頭を下げ、フランシアの硬い表情をチラリと見て、引き揚げていった。

第十五章

カプリには、カーニバルがほかの土地に建てられるのが奇妙に感じられた。同じ小屋、同じ機械、それに同じテント、キャンバス布だが、そのアレンジは微妙にちがっていた。それはちょうどトレーシングペーパーがすこしずれたような感じだった。自分たちのトレーラーに戻るとき、カプリはつい習慣で湖の方向を見てしまうのだった。だがもちろんそこに湖はなかった。林も、木々の陰もなかった。トレーラーはカーニバル会場の突き当たりに円形に配置された。それは鉄道沿線にいるホームレスたちが忍び込むのを防ぐためと太陽の日差しをすこしでもさえぎって陰を作るためだった。日よけの天幕がすぐに張り出された。トレーラーの入り口のステップに腰を下ろして豆をむいているママ・ブーンは大きな傘をさしていた。

月曜日の朝、まだカプリとフランシアが朝食を食べているとき、ドアにノックの音がした。ラジオの九時のニュースが響いている中で、ほとんど聞こえないほどの音だった。

フランシアが顔をしかめて言った。

「いやあね、トーストが冷めたくなっちゃう。バターを塗っておいてくれる、カプリ?」

彼女は苛立ってトレーラーのドアを勢いよく開けた。

ヒューッと口笛が聞こえ、聞いたこともない声が続いた。

「グッドモーニング、ダーリン！」

カプリは驚きのあまり、トーストを投げ出して、戸口に行き、ドアの外に立っている人物をフランの後ろからのぞき見た。

「キャプテン・サウスランド、モーターバイク・ショーの一座を引き連れて、ただいま参上！」自信たっぷりの声が続いた。「それで、あんたがミセス・マッコムかな？」

カプリの口がぽっかりと開いた。彼女はおもわず戸口に立っている人をまじまじと見てしまった。キャプテン・サウスランドは小柄で、潔癖そうな、気取った男だった。髪の毛はオールバック、それも油でテカテカと光っていた。そしてすぐに怒りを表す唇の上には鉛筆で描いたような薄い口ひげがあった。だが、彼は決してひ弱な男ではなかった。シルクの乗馬ズボンと真っ赤なシャツの下には、草の中を走る蛇のように筋肉が盛り上がっていた。

「ここのセットを見ておれが口にした批判を、すべて撤回する」と彼は大げさな宣言をした。「こんなに魅力的な興行主を前に、何とバカなことを言ったものか！」

「まあまあ」とフランシアは言ったが、ほかに言うべき言葉が見つからなかったので、簡単に「やっと着きましたね」とだけ言った。

「ああ、着きました、着きました。このキャプテン・サウスランド、あんたのためにどんな危険な芸当でもする覚悟だよ」

「ありがとう」フランはほほえみ、唇を嚙んだ。「それじゃ、トレーラーをあそこに止めてくださいな、ミスター・サウスランド」

「トレーラーは一台じゃない、三台だよ!」彼は大声で言った。プライドが傷つけられたようだ。

「見てごらん」

サウスランドは真っ赤なトレーラー三台の列を指さした。その一台のそばに細くて敏捷そうな女の人が立っていた。ウェストまでの真っ黒な髪の毛、そして遠くから見たら口に真っ赤なバラをくわえているのかと思うほど赤い唇をしていた。

「あれはフェリシティだ」キャプテン・サウスランドが猫なで声で言った。

「あの人もモーターバイクに乗るんですか?」

「はっ、彼女が乗るかとはね!」

キャプテン・サウスランドのこの答えは質問にイエスともノーともこたえるものではなかったが、彼自身はじつに満足そうだった。

「それでは」フランシアが困り果てて言った。「雑役の男の子たちを集めて、あなたのトレーラーのために場所を空けてもらいます」

「ありがとう、ダーリン」と言うとキャプテン・サウスランドは肩をいからせて歩いていった。カプリは大声で笑いだした。

「笑いたかったら笑いなさい」フランが苦笑いしながら言った。「でもあの人を呼ぶために一財産はたいたのよ」

　それを聞いてカプリはすぐに笑いをやめた。

　三台のトレーラーを駐車させるのは骨の折れる仕事で、長い時間がかかった。トレーラーの脇腹にはキャプテンのすばらしい芸当が宣伝文句にうたわれていた。モーターバイクのレースコースになる円形競走場を立ち上げるのに、少なくとも一日はかかるとキャプテン・サウスランドは大げさな身振りで言った。華やかな外見とは反対に、彼は神経質な完璧主義者で、しかもけちで見栄っ張りだった。自分は手を汚さないで、すべてをほしがるタイプだった。トレーラーの車体の赤い色にほんの少しでも傷をみつけると、彼はまるで怒った雄牛のようにすごい剣幕で怒鳴りつけた。トラックから乱暴に降ろされるモーターバイクを見て、彼は悶絶するふりをした。感情の激しさは天下一だった。カプリはすぐに疲れてしまい、カーニバル会場を通ってドックの働いているところに行った。

「モーターバイク・ショーの人たちが到着したわ。キャプテンはすごく芝居がかった人。大げさでいやな感じ」

「うん、もううわさが耳に届いてるよ。そのレンチを取ってくれないか？　ありがと。さてと、あの男の背中で悪口を言うのは、あまりいいことじゃないが」そのとき、カーニバル会場からまたモーターバイクのうなり声が一段と大きく聞こえた。「あんなに小さな男がこんな爆音を立てることができるなんて思わないよな」

　カプリはドックの隣に並んで座り込み、両腕で膝を抱え込んだ。

「あなたの仕事のじゃまをしたくはないんだけど、ちょっと話したいの。わたし、ここに来ることができてほんとうによかったと思うわ。たしかに景色はいまいちだけど、でもカナダシティはこの州の州都よね？　たくさんお客が入ると思うわ」そこまで言うと、彼女の目が曇った。「でも、ああ、あのテントが燃えなかったらよかったのに！　今晩アーチーのショーのお手伝いができたら、どんなに楽しかったか！」

ドックが返事をした。

「それに、なんと言っても、アーチーがどんなに喜んだかしれないよ。だけど、ここでうまくいったら、あんたの母さんはまた新しいテントを買うかもしれない」彼はビンゴのテントのほうに頭を傾けた。「アーチーはあそこだよ。あのテントのアシスタントとして登録しておいた」

カプリはそのテントのほうを見た。気分が重くなった。

「あそこでアーチーはなにをしているの？」

「テントのキャンバス地のつぎはぎ」

彼女はため息をついた。無意識のうちに、指を開いたり閉じたりしていた。

「なんの真似だい、それは？」ドックがめざとく気づいて訊いた。

「マジックの練習。いい？」と言って、彼女は手を差し出した。指のあいだにマッチ棒を挟み込んだ。「わたし、手品の練習をしているの、いつも」

ドックは笑って応えると、ワイヤーに断熱材を巻きつける仕事を続けた。カプリはカーニバル会場のほうに目を移した。少し離れたところで、サボがメリーゴーランドの真鍮《しんちゅう》部分を磨いていた。カプリが見ていると、彼はポケットから葉巻を取り出して、白鳥のボートに腰を下ろし、足を組んで休んだ。カプリが見ていることに気がつくと、彼は愛想よく笑った。

「にぎやかな晩の始まり、準備完了かな?」

カプリは勢いよくうなずいた。

「ええ、そのとおり!」

「そうだね。あんたの母さんの悩みはもう消えたように見えるな。あれ、向こうからやってくるのは、シェリフじゃないか?」

ゲイフェザーは腕になにかを抱えてやってきた。レースコースの前を通るとき、彼はキャプテン・サウスランドに軽く目礼し、そのまま足を止めずに会場を歩いてくる。カプリを見た彼の顔に、うれしそうな表情が浮かんだ。

「きみに会いに来たのだよ」そう言って、彼は腕に抱えていた包みを差し出した。カプリはその中身を見て驚いた。ライラックのブーケだった。

「盛りが過ぎて、少し咲きすぎ気味なのだが」と彼は残念そうに花を見た。「しかし、きみたちから買った庭に咲いた花であることは間違いない」

「あんたの庭?」ドックが聞き返した。

カプリはドックの目を見てうなずいた。

「ええ、そうなの。以前はね。でもいまはゲイフェザーさんの庭なのよ。このカナダシティから十キロほど離れたところにある農場の庭なの。リバージャンクションというところ」

「こりゃ、驚いたなあ」

と言って、ドックはカプリがゲイフェザーといっしょにトレーラーのほうへ歩きだすのを見送った。

ゲイフェザーが急いでカプリに話しかけた。

「話し中じゃなかったのかい？　じゃまをするつもりはなかったのだよ。それに今日はきみのお母さんに会うつもりもない。じつは、気になることがあって、それをきみに話しに来たのだ」

「きのうのこと？」カプリが訊いた。

「そう、きのうのことだ。私は……、えへん……、私はきみの母さんを傷つけてしまったのではないだろうか？」

カプリはにっこり笑った。

「だいじょうぶですよ、ゲイフェザーさん。きのうはびっくりしたでしょう、わたしたちがカーニバルのオーナーだとわかって」

ゲイフェザーはカプリの言葉を一言も逃すまいとするように体を前に傾けた。

「そう思ったのかい？」

カプリはうなずいた。

「ええ。あなたはきっと、わたしたちにお金がないとは思わなかったのでしょう？　もしかすると、金持ちの叔母さんのところに身を寄せるとか、ほかの町でフランが新しいキャリアを始めたのだろうくらいに、思っていたのじゃないかしら？　でも、それが、こんなところにいたので、すっかりびっくりしてしまった。そうじゃありませんか？」

ゲイフェザーは恥ずかしそうにほほえんだ。

「たしかにびっくりはした。しかし、きみのお母さんはじつに面白いキャリアを始めたと思うよ。私にとって、あの農場をきみたちから買い取ったのは大きな冒険だった。じつに魅力的な農場だよ。きみたち二人に会ったあの日は、私の人生でもっとも大きなできごとの一つとして、長く思い出すだろう」

「わたしたち二人？」カプリは首をひねった。「あなたはきのう初めてフランシアに会ったのじゃないですか？」

一瞬、ゲイフェザーの頬が赤くなった。

「あ、これは失礼。彼女のポートレートに会ったときと言い直そう」

「どうぞ、トレーラーのステップに座ってください」

そう言うと、カプリはいちばん上のステップのほこりを払い、二人は腰を下ろした。

「フランはキャプテン・サウスランドと少し話があって出かけていますから、だいじょうぶ」

カプリは自分でもなぜそう言ったのかわからなかったが、ゲイフェザーはほっとしたように見えた。

「じつはきょう、きみたち二人に次の日曜日にでもわたしのところに遊びに来ないかと誘いに来たのだよ。もし来てくれたら、ほんとうにうれしい。きみのお母さんはシェリフの私をもっとも付き合いたくない人間と思っているかもしれないが、私だって生まれつきシェリフだったわけじゃない」彼の目が笑っていた。「私は退職した羊毛製造者だ。シェリフに選ばれるまで、カナダシティには来たこともなかった」

カプリはにっこりした。

「そうね。フランはたしかにあなたのことを不愉快と思ったようだけど、でもわたしが思うには、それはあなたが彼女をすぐに美しく優雅なフランシア・アボットとわからなかったためじゃないかと思うわ」

「なるほど、そういうことか！」ゲイフェザーが膝を叩いた。「彼女のプライドを傷つけたのだね、やっぱり。そうじゃないかと思ったよ。私は彼女のポートレートは隅々まではっきり記憶している」そう言って、彼はいたずらっぽく笑った。「だが、きのうの彼女の格好は、スラックスはだぼだぼだったし、ほっぺたには泥までついていた。きみだってそのことは認めるだろう？」

後ろで床がきしむ音がした。二人はぎょっとして振り返った。フランシアがかんかんに怒って立っていた。

「盗み聞きをするつもりはありませんでした。水を一杯飲みに戻っただけだったのよ。ゲイフェザーさん、あなたはわたしがいままで会ったうちでも、もっとも鼻持ちならない、不愉快な人です。わたしの作業服がお気に召さなかったようね。わたしはいつも優雅な格好をしているような人とはおつきあいがありませんから。でも、人の身なりを批判するような、そんな失礼な人には会ったこともない……」

ゲイフェザーは立ち上がった。

「ミセス・マッコム、それは誤解です。私はあなたの思いがけない格好のことを言っただけなのです」

「あなたは人を見下すようなものの言い方をなさるわ」フランシアは言葉を詰まらせて言った。「あなたがカーニバルをどう思っているか、わたしをどう思っているのか、これではっきりわかりました。そんな人とは話したくもありません」

フランシアは頭を高く上げてステップを下り、差し出されたゲイフェザーの手をじろりと見、それからゲイフェザーの顔をにらみつけた。彼の目にかすかな笑いがあるのを見ると、彼女はカーニバルに向かってなだらかな丘を駆けていった。

ゲイフェザーは仕方がなさそうに苦笑いした。

「ああ、カプリ。きみのお母さんはわたしのことが嫌いのようだ」

「そうね」カプリは正直に言った。「でも、あなただって母のことが好きではないでしょう？」

ゲイフェザーの顔に驚きの表情が浮かんだのをカプリは不思議そうにながめた。

第十六章

そろそろ夕方六時に近かった。ドックがトレーラーから出てきた。よれよれのフェルト帽をかぶってカーニバル会場を歩いていく。食堂からサボが口に楊枝《ようじ》をくわえて出てきた。天気の具合をうかがうように空を見上げてから、近くにいたカプリとマットにうなずいてあいさつをすると立ち去った。真っ赤なトレーラー三台のうちのいちばん大きなトレーラーから、キャプテン・サウスランドが出てきてあくびをした。

「ハロー、ダーリン」と彼はまたいつものふざけた口調でカプリに声をかけた。「この田舎町で何人客が来ると思う？」

「ここは田舎町じゃないわ。この州の州都よ」カプリは言い返した。「そんなことより急がないと、あと十分で入り口が開くわ」

「まあまあ、そんなにがなり立てるなよ」バカにしたような口調で言うと、キャプテン・サウスランドはまたあくびをしながら立ち去った。

「いやなやつだ」マットが言った。「もしおれがあいつのように有名になって、あいつのような態度をとったら、鼻を一発ガツンとやってくれよ」

「よろこんで」カプリが笑った。

ビンゴのテントの前を通りかかると、カプリはキャンバス地を叩いた。ビンゴはカナダシティでは禁止されていたが、それでも倉庫として使うためにテントが立てられていた。

「ああ、このテント、もったいないわね」カプリはため息をついた。「ここなら十分にマジックショーに使えるのに」

「いや、このままにしておくほうがいいよ。小さすぎるし、ステージもないんだから」マットが言った。

カプリとマットはカーニバル全体の見回りをした。モーターバイクのレースコースとなる円形競走場の前で長い間立ち止まった。競走場は外から見るとずんぐりした石油のタンクのように見えた。その外側にぐるりとバルコニーがついていて、観客はそこに座ってモーターバイク・ショーを観るように作られていた。明るいキャンバス地の天幕の上には星条旗がはためいていた。競走場のどこかでモーターバイクがウォーミングアップのうなり音を立てているのが聞こえた。

「あれはフェリシティだ」とマットが言った。「ドックによれば、彼女はキャプテンよりもじょうずなほどだそうだよ。もちろん、キャプテンはそんなことは認めないだろうけど」

「見て、入り口の門が開いたわ。最初の客が入ってくるわよ。今晩、あなたはどこで仕事をするの、マット？」

「いつものとおり観覧車だよ。すぐに行かなくちゃ。いま入ってくる子どもたちは、みんな観覧車めがけて走ってくるからね」

マットが立ち去ると、カプリはあたりを見まわした。ママ・ブーンが小屋の入り口のランプに灯をともすのが目に入った。

「あの子はいい子だね」観覧車のほうにあごをしゃくりながらママ・ブーンが言った。「生まれたのは何月だろうね、知ってるかい？」

カプリは首を振った。

「そうかい。あれはとてもいい子だと思うけど、それ以上は星座に訊かなくてはね。いつかあの子をおいしい紅茶に誘っておくれ」

「彼のお父さんはボードビルの人間だったって」カプリが言った。

ママ・ブーンはカプリの目をのぞき込んだ。

「それであんたはあの子が気に入ったのかい？　そうだね、あたしもそれは聞いたよ。アクロバットをやりたいそうじゃないか。見なくちゃどんなもんかわからないがね」

「すごく練習しているみたい」

「ああ、いつか三十メートルの高さから水槽に飛び込むつもりらしいね」

「それは……、やらないと思うけど」カプリが不安そうに言った。

人がカーニバル会場に入ってきた。空には明るい色の風船がふわふわと浮かび、子どもたちが棒の先についたおもちゃのカナリヤを持って走り回っていた。綿飴やアイスクリームで口のまわりをすっかり汚している子たちもいた。七時半になると明かりがいっせいにつき、夜の暗闇が深まる中で観覧車から発せられる光が華やかに輝いた。カーニバルの明るさが夜の闇に壁を作り、カナダシティに向かう車が行き交う道路はよけい暗く見えた。

カプリは町からやってくる人々を飽きるほど見た。彼らは列をなしてマダム・ゼラに運勢を占ってもらうために並んだあとは、ハンキー・パンキーで遊んだりした。乗り物の小屋はみんな満員になった。小さなカーニバルにしては、入場してくる客の数は多かった。カプリはこんな調子でいけば、シーズンが終わるころには新しい出し物や新しい乗り物を加えることができるかもしれないと思った。そして目がくらむような興奮を感じた。

カプリはフランシアがキャプテン・サウスランドのモーターバイク・ショーの客席にいるのを見つけた。すでに時間は九時近かった。フランは上機嫌だった。

「客の数を数え始めたんだけど、とても数え切れなくて、ショーを観ることにしたのよ」

カプリも母親の興奮がよくわかった。面白いとも、怖いとも思った。キャプテン・サウスランドの大げさなジェスチャーが面白かったし、命知らずの大胆さが怖かった。小さな円形競走場でキャプテン・サウスランドは何度もぐるぐる回り、モーターバイクにスピードがつくと壁をレースコースにして走らせた。そしてついには両手を放して壁を猛スピードで走ってみせるのだった。こんなことをしてどうやっていままで死なずにすんだのか、カプリには謎だった。だが、彼のことをバカにするのはやめようと思った。

「ええ、キャプテン・サウスランドはほんとうにすごいわ」カプリはうなずいた。

フランシアの顔が誇らしく輝いた。カーニバル会場で彼女の姿を見るのはうれしかった。

カプリにとってはロマンティックなものでも、フランシアにとってはカーニバルはお金を捻出するところだとしてもそれはそれでかまわなかった。動機がちがっても同じ情熱をもっていることには変わりがなかった。

　母娘はステップを下りた。

「このカーニバルは小さいけれども正直なショーを見せるところよ。最初に上げた利益で、アーチーをカムバックさせるわ、カプリ。スネークショーの他に何か加えてもいいかもしれないわね」

「軽業師はどう？　それからお化け屋敷は？」

　二人はいろいろな可能性を数え上げた。カーニバル会場の奥まで来て、彼女たちはヴィンシー・ネブスの新しいダーツ（投げ矢）の小屋で立ち止まった。だれにでも小さな賞が当たる他愛のないゲームだった。西の遠くのほうからサイレンの音が聞こえた。二人は立ち止まった。

　カプリがにっこりほほえんだ。

「市長さんがうちのカーニバルを見に来るのかも？」

　フランシアがうなずいた。

「あなたもそう思う？」

　しかしサイレンの音が大きくなるに連れて、彼女は心配そうにカプリの肩に手をかけた。

「なにかしら、いったい？」フランシアが顔をしかめた。

　騒々しさに人々は立ち止まった。

「救急車だわ。けが人が出たのかしら？」

「いいえ、あれは救急車じゃないわ」と言ってフランシアは走り出した。立ち止まってゲートのほうを見ている人がいる。近寄っていく人もいる。そのときゲートのそばの人たちが後ろに下がった。だれかが叫び声を上げた。カーニバル全体が静まった。

「なにかあったの？」カプリが訊いた。

「知らないのかね？」カプリの左に立っていた男が言った。「うちに帰ったほうがいいよ。警察の手入れだ」

「手入れ？　そんな！」

カプリはフランシアのほうに走り出した。

人が多すぎてなにも見えなかった。だが、カプリは人のあいだをかき分けて前に出ると、突然目の前にフランとゲイフェザーが現れた。

「フラン、なにが起きたの？」カプリが叫んだ。

フランシアは真っ青で激しく怒っていた。その手はゲイフェザーの腕をしっかりとつかんでいた。

「これは何ごとです？」彼女は金切り声で叫んでいた。「いったい、わたしのカーニバルでなにをしようとしているんですか？　なぜサイレンを鳴らしているんです？」

ゲイフェザーの顔は無表情だった。彼はフランシアとカプリの前に立ち止まった。

「申し訳ない。これはわたしの仕事ではないのだが、少しでも役に立てばと思っていっしょに来たのです。ミセス・マッコム、これは警察の緊急家宅捜索です」

「なんですって？　でも、申し上げたでしょう？　このカーニバルではイカサマ賭博はしていませんと」

「これはだれだね？」そばにいた警官が言った。

ゲイフェザーの顔が心持ちやわらかくなった。

「こちらはカーニバルのオーナーのミセス・マッコムだよ、ディック。申し訳ないが、ミセス・マッコム、十五分前に電話で、ここのテントの一つでイカサマ賭博がおこなわれているという通報があったのですよ」

「そんなことは、ありえません！」フランシアが叫んだ。

ゲイフェザーはうなずき、フランシアが声をかけた。に儀礼的な笑顔を見せて、歩み去った。

「フラン」カプリが声をかけた。「フラン「捜索してもらいましょうよ。そうすればわかるわ。とにかくそんなに怒らないで。さもないと……」

「愚かな人たち！」フランシアが息巻いた。「最初の晩のじゃまをするなんて。あんなになにもかもうまくいっていたのに！」

だが、カプリはゲイフェザーとその後ろに続いた男たちを見ていた。行き先はわかっているらしかった。空っぽのビンゴのテントを目指していた。ゲイフェザーは速やかにテントの端をめくると、部下を連れて中に姿を消した。彼らの影がテントの横のキャンバス地に映った。それで、カプリは中に光があったのだとわかった。

ゲイフェザーが中から出てきた。顔が引き締まっていた。推し量るようにフランシアとカプリをまじまじと見た。カプリは心の中まで見透かされたような気がした。残念そうな笑いが彼の口をゆがませた。

「ミセス・マッコム」

「さぞご満足でしょう、あなたは」

ゲイフェザーはテントの端を持ち上げた。彼の顔のなにかが、カプリに中を見よと言っていた。見たとたん、彼女は叫び声を上げた。

今朝まではロープ、椅子、テントを打ちつける釘、いろいろな大きさのキャンバス地などがあったところに、ルーレットが三台並んでいた。だれの仕業かわからないが、入念な準備があったことは間違いなかった。テーブルの上には紙幣が飛び散り、椅子が二脚倒れていて、まるでサイレンの音を聞いたギャンブラーたちがあわててわれ先にテントを飛び出していったように見えた。

そばに来たフランシアが鋭く息を吸ったのがわかった。彼女もまたこの光景を見て愕然としたのだ。そして次の瞬間、人形劇の人形のようにひざが折れて、フランシアは地面に倒れた。カプリとゲイフェザーは同時に手を差し伸べた。

第十七章

小さな息を吐いて、フランシアが意識を取り戻した。彼女はママ・ブーンの小屋の簡単なベッドにかつぎ込まれていた。自分のいるところがわからないらしく、目を開けるとあたりを見回した。それから小さくうなった。

「ああ、そうだわ。思い出した。でも信じられない。いったいどういうことなのかしら」

「はめられたんだ」ドックが腰に両手を当てて言った。「だれかがあんたをはめたんですよ、ミセス・マッコム」

「はめられた？」彼女は眉をひそめて目を閉じた。「カプリは？　カプリはどこかしら？」

カプリは前に出て、フランシアの手を握った。

「ここにいるわ、フラン」

「どうなったの？」そう訊くと、フランはぱっと目を開けた。「どういうことなのか、わたしは知らなければならないわ。全部話してちょうだい。隠し事をしちゃダメよ。あのいじわるなゲイフェザーという人は、いったいなにをしたの？」

「彼のせいではないのよ、フラン」カプリが説明し始めた。「彼は警察がわたしたちにあまりひどいことをしないように、わたしたちをかばうために来てくれたの。今日の手入れは警察の署長が決めたことなのよ」

「警察の署長？　だれなのそれは？」フランの声がきつくなった。

「まあまあ、いまはいいじゃないか、それは」ママ・ブーンが二人の間に入った。「ほら、これをお飲み。熱い紅茶を飲めば落ち着くよ。あんたはショックを受けたんだから」

「ほしくありません」と言おうとフランが口を開けたとき、ママ・ブーンはじょうずにスプーンで紅茶を口に運んだ。フランシアはせき込み、のどが詰まったが、やっと枕に頭を戻した。

「少し眠ってみて、フラン」カプリが言った。

フランシアは信じられないようにカプリを見た。

「こんなときに眠れると思うの？　さあ、いったいなにがあったのか、ちゃんと話してちょうだい」

「フラン……」

「ちゃんと話しなさい！」

カプリはため息をついた。これは命令だった。

「警察署長は……、カーニバルの人を何人か逮捕したの」

「だれを？」フランの声が鋭くなった。

「マット、ヴィンシー・ネブス、それにチャーリー・マーコニも。それから……」

「ひどいわ！　どうしてそんなことができるの？」

カプリはうなずいた。

「ちょうど勝負の合間だったらしいの。あのキャプテン・サウスランドも逮捕されたわ。どんなに横柄な態度をとったか、想像できるでしょう？」

ママ・ブーンがカプリの言いかけていたことを続けた。

「罰金の金額はきっと大きいだろうよ。それに、町の風紀委員会の決定で、カーニバルは興行中止にされてしまった」と言って、ママ・ブーンは唇を嚙んだ。

フランシアは起きあがった。目が大きく見開かれている。

「興行中止ですって？　一週間全部？」

彼らはうなずいた。だれも彼女を正視できなかった。これがどんなに大きな意味をもつかがわかっていたからだ。長い沈黙があった。フランシアは壁に顔を向けた。

「みんな、わたしをひとりにしてちょうだい」

「フラン……」

「カプリ、聞こえたでしょう、ひとりにして」

カプリはドックといっしょに外に出た。考えに沈んでいる。外は真っ暗だった。

「どんな具合だね、ミセス・マッコムは？」

暗闇から声をかけてきたのは、サボだった。

ドックがため息をついた。

「あんなふうに人がショックを受けるのを見るのはいやなものだね。夢が枯れるのを見るのはほんとうにつらいものだ。あんな目に遭うのは不公平だよ」

ドックはカプリに話しかけた。

「ママが付き添っているからだいじょうぶだ。こんなときは、身内の人じゃないほうがいいものだよ。ママの紅茶とおしゃべりですぐに元気になるさ」

そう言って、ドックは潰れた帽子の端に手をかけた。

「ちょっと行って、みんなに興行中止のことを伝えてくる。警察が来たときに騒ぎにならないように」と言うと、ドックは首を振った。「中には、もうこのカーニバルからは抜けるという者も出てくるだろうな」

カプリはサボといっしょにドックの背中を見送った。

「これでこのカーニバルもおしまいかしら？」カプリが小声で言った。

サボはうなずいた。

「そうだね。残念ながらそうなるだろうな」

「でも、なぜ？」カプリが悔しそうに言った。「カーニバルはちゃんとここにあるのに。なにも変わっていないわ。わたしには納得できない」

「それでも」とサボが意外にも機嫌よく言った。「罰金は避けられないだろうな。きっと金額も大きなものになるだろうよ。何しろきみの母さんがカナダシティの役人に、ここではイカサマ賭博はしていないと大見得を切ったあとだからね。それに五人もの保釈金を払わなければならない。ひとり分二十五ドルから百ドル、それが五人分だ。……もう聞きたくないかい？」

「いいえ、どうぞ続けて」カプリはため息をつきながら言った。

「それにこのカーニバルは二十四時間以内に閉鎖される。ここからどこに行くんだい？　このカーニバルはまだ始まったばかりなのに、このあとはどこで続ける？　この町ではもうテントは張れない。許可が下りない。オークヒルズの空き地はもうふさがっている。この規模のカーニバルは毎週二千ドルは稼がなければやってゆけない。あんたの母さんには蓄えもないだろう。自転車操業もいいところだ。今週成功すれば、その金で次の週やっていけると思っていたんだろう。だが、今週はこのざまだ。なんの稼ぎもないだろうよ。だれかにはめられたんだな」

「ああ、どうしよう」カプリは草の上に座り込んだ。泣きたかった。が、フランの真っ青な顔を思い出して、ぐっと我慢した。「でも、だれがそれほどわたしたちを憎んでいると言うの？　だれがこんなわるだくみをしてわたしたちを罠にかけたのかしら？」

サボの声は同情と残念さに満ちていた。

「さあ、わからない。見当もつかない」

「だれであっても、ひどすぎるわ。それにわたし、コッツヴィルでの不審火のことも忘れていないわ」

「不審火？　ああ、そう言えば、そんなこともあったな」と不愉快そうにサボは言った。

「カナダシティはわたしたちをこんな目に遭わせることはできないわ。このためにカーニバルが潰れるようなことだけは許さない。あんなにフランが楽しみにしていたんだから」

サボが落ち着きのない笑い声を上げた。

「だが、だれにも止められはしないだろうよ」

カプリはサボのこの言葉に一瞬立ち止まった。友だちは？　フランシアはニューヨークに何人か友だちがいるだけだ。しかもずっと昔の友だちだ。あとは……、カランダー弁護士。だが、彼の苦い顔を思い出し、カプリはすぐに取り消した。このようなときには、友だちが必要だ。支えてくれ、人を説得してくれるような友だちが。「これはゆるしがたいことだ。フランシア・アボットは真っ正直な人間だ。請求書は全部支払っているし、娘を日曜学校に通わせてきた、正直で親切で、ごまかしのない人間だ」と言ってくれるような人が。

カプリの顔に小さな、悲しそうな笑いが浮かんだ。この寂しい、ハートが破けるような瞬間、カプリは人と付き合わないフランシアの生活がどのような結果に結びつくか、わかったような気がした。そう思ったとたん、カプリは猛烈な怒りを感じた。こんなことになる必要などまったくなかったのに。もし、人とふつうのつきあいをしていたら、ここはわたしたちの住んでいたリバージャンクションからも近いし、きっとだれかが、フランシアはそんな人ではないと言ってくれたにちがいないのに。だが、カプリは母親を愛していた。怒りの炎はすぐに静まり、カプリは母親を許した。フランシアはフランシアだ。彼女がもっとも生きたいように生きればいいのだ。

「なにか、解決法があるにちがいないわ」カプリが言った。「私があんたとあんたの母さんを助けてやろう」

「ああ、あるよ」サボがカプリの隣に腰を下ろした。

「ほんとう?」彼女は息を呑んだ。

「ああ、ほんとうだよ」

「まあ、でも、どうやって?」

「私がこのカーニバルをあんたたちから買い上げてやろう」

「なんだ、そういうことなの」カプリはがっかりして言った。

「私はあんたたちのことがだんだん好きになった」サボは引き続き親切そうに言った。「それになんと言っても、私はカーニバルが好きだ。人生のほとんどすべてをカーニバルに賭けてきたんだからね。あんたの母さんが破産するのも、カーニバルが解散するのも見たくない。そんなわけで、あんたに正直に話しているんだ」

「そうね」カプリはため息をついた。

サボはいかにも同情するような顔で言った。

「私はいままであんたたちの弁護士に何度か買いたいというオファーを出した。今度もまたオファーを出そう。私があんたたちの頭痛の種を買い取ってやる。そうすればあんたたちは悪い夢を見たのを忘れて、ここを出ていくことができる」

一瞬、カプリは彼のことが嫌いになった。だがフランシアのことを思い、考え直した。

「ご親切、ありがとう」

「もちろん、今度は前に出したオファーの半分だけになるが」

「わかりました」カプリはうなずいた。

彼のことを憎むなんて自分が間違っていた。彼はわたしたちにずっと親切だった。そしていま、わたしたちのことを考えてくれているのだ。でも、カーニバルを捨ててまたあの静かな生活に戻ると思うだけで、わたしの中のなにかが死ぬような気がする。

「だが、私はいつまでも待つことはできない」サボが言った。「あんたの母さんが快復したらこの話をしてくれないか？　たとえば明日の朝とか？　私が二時にあんたたちのトレーラーに行くよ」

ずいぶん自信たっぷりだとカプリは思った。でも、もちろん、自信があるのだろう、と彼女は思い直した。わたしたちにはほかの解決法がないのだから、彼のオファーを呑むよりほかはない。

「ええ、わかったわ。明日の朝、町へ行って、ゲイフェザーさんにこのことを話してみる。彼はシェリフだから、なにかほかの……」

サボは頭を振った。

「彼には彼の立場があるよ、カプリ。シェリフはなんと言ってもシェリフだから」

「でも、生まれつきシェリフという人はだれもいないわ」

サボはやさしそうに笑った。

入った。

「まあ、それはそうだが。それじゃ私が明日の朝、町まで送ってやろうか？」

カプリはよろこんだ。サボはほんとうに親切な人だわ。

「ありがとう！　ほんとうにありがとう、サボさん。それじゃ、九時でいいかしら？」サボがうなずくと、カプリは静かにトレーラーに戻り、フランシアを起こさずにベッドに入った。

翌朝、カプリはシェリフのオフィスへ行き、恥ずかしそうに秘書に笑いかけ、ゲイフェザー氏に話があると言った。

「ゲイフェザー氏はけさはとてもお忙しいのよ。いまは町の風紀委員会と会議中です」若い秘書の女性が言った。

ドアが開き、ゲイフェザーが顔を出した。

「いいや、ミス・リード、私はこれからこのお嬢さんと会議に入るつもりだ。町の風紀委員会はもうとっくに脇のドアから帰ったよ。さあ、どうぞ、カプリ、お入り。いつ町に来てくれるかと思っていたよ」

どうしてわたしを待っていたのかしら、ずいぶん皮肉なこと！　とカプリは思った。まるでわたしが困り切って助けを求めに、お願いしに来るのを待っていたようだわ。

ゲイフェザーは彼女を招き入れて、椅子をすすめ、自分は机の向こうに腰を下ろした。頭の上の壁には先住民の少女がカヌーに乗っている姿の絵のカレンダーが飾られていた。

「それで、お母さんはどこかね?」ゲイフェザーが身を乗り出して訊いた。「どうも私はいつもきみのお母さんがどこにいるかと訊いているようだね。もうきのうのショックから快復したのだろうか?」

「いいえ。まだです。今朝わたしがこちらに来るときも、まだベッドにいました。それも、壁のほうに顔を向けて、わたしと話をするのを拒んでいるようでした。そんなこと、いままで一度もなかったのに」カプリはため息をついた。

ゲイフェザーもため息をついた。それから立ち上がった。両手をポケットに入れて考えている。

「きみのお母さんは野心的だ、カプリ。あまりにも野心的だ」

カプリは椅子の上で背中を伸ばした。

「野心的ではいけないのですか? わたしたち、農場ですっかりお金をなくしてしまったのです。母にはわたしを育てる重い責任があります。わたしにたくさんのことをさせたいのです。カーニバルだけがその夢を叶えてくれる財産なのです。母はただ、このカーニバルを国でいちばんのカーニバルにしたかっただけです」

ゲイフェザーは怒ったようにぐるりと体を回した。

「そんな大きな夢があるのに彼女はなぜギャンブラーにイカサマ賭博などをさせる許可を与えたんだ? なぜそんなリスクを冒したんだ?」

カプリはまじまじと彼を見返した。

「母がほんとうにそんなことをさせたと思っているんですか?」

ゲイフェザーは腰を下ろした。

「私は自分が見たことを信じるのみだ。そうしなければならない。私はシェリフだからね。ほかになにを信じろというのかね?」

カプリはいま聞いたことがとうてい信じられなかった。

「わたし……、わたしはあなたがわたしたちのことをもっと知ってると思っていました。どうしてかわからないけど」彼女はくやしそうに言った。

ゲイフェザーは椅子に寄りかかって、カプリをよくよく見た。

「カプリ。きみがお母さんを信じるのはいい。それはとてもいいことだと思う。だが、お母さんはきみにすべてを話していないかもしれないよ」

カプリは椅子から跳び上がった。

「そんなことを思うなんて! ほかの人たちと同じだわ」

「カプリ、どうぞ座ってくれ。あまり感情的になってはいけないよ。これはぼくの仕事だということをわかってほしい」

「仕事ですって! あなたは、わたしたちがあなたをだましていると思っているのね。あなたのことを友だちだと思っていました。だから、コッツヴィルで不審火があったこと、消防署長がそれを放火だと言ったことをあなたに話せば信じてもらえると思ったのに。でもいまあなたはわたしたちが……」

ゲイフェザーは驚いたようだった。

「不審火だって？」

「そうです。マジックショーのテントから火が出たのです。その晩は風が強くて、もしマットとドックがすぐに消火にあたらなかったら、カーニバル全体が燃えてしまうところでした」カプリは説明した。「消防署の人がこれは放火だと言ったんです。放火に使ったらしい油をしみこませたぼろ布を見せてくれました」

「なるほど。それはいつのことだね？」

カプリは頬を染めた。

「先週の土曜日」

ゲイフェザーは考え込んだ。両手の指を合わせて教会の屋根のような三角形を作り、その上からカプリをじっとながめた。長い長い沈黙だった。カプリは落ち着かなくなった。やっとゲイフェザーが話し始めた。

「私に手伝ってほしいのだね？　このことを町の風紀委員会に話してほしいのだね？」

カプリは期待を込めてうなずいた。

「だって、わたしたち、この町から出て行けと言われてもカーニバルをどこに動かしたらいいのかわからないんですもの。これからカーニバルをやっていくお金もないんです」

ゲイフェザーは立ち上がった。残念そうな顔をしている。

「風紀委員会は私のいうことを聞かないだろう。起きたことは起きたこと。だれもその事実を消すことはできない。カナダシティはギャンブラーを閉め出すことに決めた。町の人々を護るために。フランの言葉を信じたために、彼らはだまされたと感じている。仕事上の立場から言うと、きみのお母さんを助けることはなにもできそうもない」

カプリは真っ青になった。

「あなたにはなにもできないということですか？　なにも？」

ゲイフェザーはうなずいた。

「すまない。だが、私にはなにもできない。カナダシティのシェリフとして、私にできることはなにもない」

これ以上、もうなにも話すことはないと感じて、カプリは立ち上がり、静かにシェリフの部屋を出た。

第十八章

シェリフのオフィスを出ると、カプリはサボの運転で州の留置場の前まで行った。そこでドックと待ち合わせることになっていた。保釈金を払って、捕まった人たちを出してもらうためだった。

「なんの助けも得られなかったのかい？」

シェリフのオフィスから出てきたカプリを見て、サボが訊いた。

「なにも。ほんとうにがっかりしたわ。あの人に助けを求めるなんて、わたし、ほんとうにばかだった」

サボはにやっと笑った。

「ほんとうに困っているときに助けてくれる人は、めったにいないもんだよ」

「そうね、サボさんだけね、わたしたちが頼れるのは」カプリが真顔で言った。

ドックは留置場の入り口の階段で待っていた。いつものひしゃげた帽子よりはましなものをかぶっている。サボの目が輝きだした。態度がマネージャーらしくなった。雇っている者を留置場から保釈金を払ってもらい受けに行くのは、もちろん、彼にとっては初めてのことではなかった。彼はすっかりマネージャー時代の自分に戻っていた。

「車の中で待っていてもいいんだよ。いっしょに来るかい？」

ドックが階段を上ってくるカプリに訊いた。

「わたし？　もちろんだいじょうぶよ。赤ちゃん扱いしないで」カプリが憤然として言った。

留置場の事務所に来ると、サボは担当の係官に頭を下げた。

「私はトビー・ブラザーズ巡業カーニバルの者ですが、逮捕された者たちを引き取りに来ました」

サボはカプリとドックを完全に無視して自分ひとりがカーニバルの人間であるかのようにふるまった。

係官はにんまり笑った。

「そう簡単にはいかない。おーい、レッド、カーニバルの連中を連れてこい。サウスランドという男を最初に連れて来るんだ。端綱《ホルター》をつけるんだぞ。噛みつかれるかもしれないからな」そう言ってから、係官はサボに言った。「あの男、眠らないのか？　一晩中弁護士を呼べとがなり立てていたぞ」

サボは儀礼的に笑い、三人はその場で待った。すぐに、まずマットの姿が、続いてキャプテン・サウスランドが現れた。

キャプテン・サウスランドは騒ぎ立てず、係官のデスクへツカツカと近寄った。

「釈放されるというのはほんとうか？」

サボが答えた。

「ほんとうだよ」と、ポケットから丸めた金を取り出し、数枚係官に差し出した。キャプテン・サウスランドは係官が金を数え、うなずき、追い立てるように手を振るのをじっと見ていた。

「おれは自由の身か」キャプテン・サウスランドがはっきりと訊いた。

「そうだ」

「フェリシティ、いや、ミス・ダルリーンも？」

「そうだよ」係官はうるさそうに言った。

「いや、ありがとう」と言って、キャプテン・サウスランドは初めてカプリに向かった。いつもポマードでなでつけている髪がほんの少し乱れていた。

「いいか」まったく新しい調子がその声に加わった。「ミス・マッコム、あんたの母さんに伝えてくれ。キャプテン・サウスランドはいままで一度もこんな屈辱を受けたことはないとな。一度もだ。そしてこう言うんだ。おれはトビー・ブラザーズ巡業カーニバルから引き揚げると。今後一切あんたらとは関係を持たないと。また、もしこれからまたおれがこんな安っぽい、三流のカーニバルに出演するのに同意するようなことがあったら、おれの頭がおかしくなっていないか検査してもらうとな」

カプリはベンチに腰を下ろした。まずゲイフェザーに、そして今度はキャプテン・サウスランドにこんなにひどいことを言われるなんて！　いつか学校で習った言葉が胸に浮かんだ。

ブルータス、おまえもか？

「そんなことはできないぞ。あんたは契約を結んでいるじゃないか」ドックが抗議した。

カプリはやっと口を開くことができた。

「それだけじゃないわ、キャプテン・サウスランド、うちのカーニバルに来てもらうために、母はあなたにたくさんお金を払っているわ」

キャプテン・サウスランドはにやりと笑った。

「契約だって？」

左手でポケットから白い紙を取り出すと、彼はそれを粉々に引き裂いた。

「契約書はこのとおり。金については……」と言って、彼はカプリの足元に紙幣を数枚投げつけた。「もっとほしけりゃ、裁判に訴えるんだな」

カプリは床から金を拾い上げた。

「五ドル！」

「ああ、そうだ」と言って、キャプテン・サウスランドはフェリシティの腕を取った。「いま言ったとおり、それに不服なら、あんたの母親に裁判を起こすように言うことだ。そんなことができるものならやってみろ。こっちがおまえたちを訴えたいくらいだ」

この言葉を聞くとフェリシティはうなずいて、誇らしげに黒髪の頭を高くもたげた。黒髪は一晩留置場で過ごしたために少し乱れていた。言い終わると、キャプテン・サウスランドはフェリシティとともに留置場を出て行き、永遠に彼らの前から姿を消した。

「かなり刺激的人物だな、あれは」ドックがうんざりしたように言った。「さしずめ、沈む船から一番先に逃げ出すネズミだね」

マットがカプリの腕に触った。

「カプリ、話したいことがある。大事なことだ」低い声で言った。

「いま?」不審そうにカプリが訊いた。

マットがうなずいた。

「おれたちはバスで帰ろう」

「ええ、いいわよ」と答えて、カプリはドックに、みんなより三十分ほど遅れて帰るとフランに伝えてくれとたのんだ。二人はサボがオンボロトラックを車の流れに乗り入れるのを見送った。トラックが見えなくなったとき、カプリは大きく息を吐いた。

「話ってなに、マット?　一晩留置場で過ごすのはたいへんだった?」

「いい勉強になったよ。だけど、出てこられてほんとうによかった。おれ、キャプテン・サウスランドの言い分もわからなくはない。でも、だからといって、こんなことぐらいでカーニバルを去るつもりはないけど」とマットは言って、カプリに笑いかけた。

彼はカプリの手を取り、二人は並んでバスストップまで歩いた。ほんの一瞬、カプリはなにごともなかったようにふるまえる気がした。二人で遊びに来た町からカーニバルに帰る途中のように。だが、それは長続きしなかった。

「マット、あなたもカーニバルをやめてもいいのよ。興行を中止されたの。そしてわたしたち今日の六時までに立ち退かなければならないのよ」

彼女の手を握っていたマットの手に力が入った。

「冗談だろう?」

カプリは首を振った。

「わたしたち、どこにも行くところがないの。それにフランシアはもう破産状態なのよ」

マットはきつく唇を噛んだ。

「だれかにはめられたんだよ、ぜったいに。だれかの悪企みが成功したんだ」その声が苦々しいものに変わった。「カプリ、おれが話したいのは、そのことなんだ。おれは留置場の中で、よく考えた。いったいだれが、こんなことをしたのだろうと」

彼女は彼の言葉に真剣に聞き入った。

「ちくしょう、どう始めたらいいのか、わからない」マットが困り切って言った。

「始めるって、なにを?」カプリが訊いた。

彼は首をすくめた。

「あることに気がついたんだ。きみに話していないことが一つだけある。ジャック・ラストがスリをした件で」

「なに、マット?」

マットはためらった。だが、思い切ったように言った。

「あれはサボがさせたんだ」

「サボが？　そんなことありえないわ！　マット」

「でもそうなんだ。サボがジャックにたのんだとき、おれ、その場にいたんだ。きみとミセス・マッコムがカーニバルに来た日の夜、サボはトラブルを起こせとジャックに言った。たくさん、あちこちでトラブルを起こせと」

「でも、なぜ？」

「なぜかは知らない。でも、あの空きテントにルーレットの台をおいて、警察に知らせたのはサボじゃないかという気がする」

カプリは考えた。だが、すぐに首を振った。

「それはありえないと思うわ、マット。サボはわたしたちにずっと親切にしてくれたもの」

マットは眉を寄せた。

「それじゃなぜ彼はトラブルを起こせと言ったんだろう？」

「それはわからないけど、憤慨したせいじゃない？　それはわたしたちがカーニバルに来た日の夜だったと言ったわね？　彼はあの日すごく怒っていたし、傷ついたと思うの。十五年間もカーニバルのマネージャーをしていたんですもの。あの日、わたしたちが現れたときの彼のショック、はっきり覚えているわ。でも、だんだんわたしたちのことがわかってきて、好きになってくれたのよ」

マットは肩をすぼめた。

「でも放火したやつがいる。それに昨日の晩きみのお母さんをはめたやつがいるんだ」

カプリはほほえんだ。

「ええ。でも正直な話、サボはわたしたちにとても好意的だったのよ。だから信じられないわ。いろんなアドバイスをくれたり、最初の数日間は引き続きカーニバルを仕切ってくれたわ。屋台を出している人たちがフランをだまさないように目を配ってくれたのよ」

マットは落ち着いたようだった。

「とにかく話したかったのはこのことだよ。ああ、さっぱりした。ずっと気になっていたんだ」

彼らはバスに乗り、最後尾席に座った。

「もしおれが百万長者だったら」とマットはチョコレートをカプリにすすめながら言った。「このカーニバルを買い取るのになあ。そしておれはアクロバット、カプリはマジシャンになるんだ。きみならきっとフーディーニ（一八七四‐一九二六　ハンガリー生まれの米国の奇術師）や、有名な天才マジシャン、メジャー・マーヴェルよりもじょうずになるよ」

「あなたが百万ドルもっていたらほんとうによかったのに。サボはぜったいにそんな金額はオファーしないわ」

「サボ？」

彼女はマットにすべて話した。

「今日の午後にも彼がカーニバルを買い取ることになっているのよ」

「またもやサボか」マットが暗い顔をした。

カプリは笑いだした。

「マットったら。いっそのこと、ドックやママ・ブーンのことも疑ったらどう？」

「きみの友だちのシェリフはどうした？」マットが訊いた。

カプリの顔から笑いが消えた。

「あんな人！」と彼女は言うと、むっつりと黙り込んだ。それからは二人とも口を開かずにバスの終点まで行った。バスを降りると広い草原にカーニバルの屋根が続いているのが見えた。カプリとマットはそれに向かって歩きだした。

「ああ、いやになっちゃう。これ、ほんとうに美しい、昔からのカーニバルなのにね、マット」

「そうだよ。カーニバルの中でも指折りのいいカーニバルなんだ。あ、車が来た。ヒッチハイクしようか？」

だが、後ろに土ぼこりを立ててやってきた大きな灰色の車は、彼らのそばまで来ると急停車した。そして中からゲイフェザーが顔を出して、「乗りなさい」と言った。

「こんなところでなにをしているんです？」カプリが毒のある言い方をした。

ゲイフェザーはカプリのケンカ腰の口調を無視して、マットに向かってウィンクすると「マット、カプリを抱き上げて後ろに乗りたまえ。彼女はまるでロバのように頑固な子だから」

「やめて。自分で乗るわ」とカプリは言った。それから悲しそうにゲイフェザーを見てつぶやいた。

「少なくともあなたは、フランシアがカーニバルを売る時間には間に合いましたね」

「それはたいへんだ。そんなことをしてはいけない」ゲイフェザーが言った。

カプリは驚いた。

「なぜ?」

ゲイフェザーは車を発進した。

「カナダシティのシェリフとして、私にはなにもできなかったのはたしかだ。また私には実際どうすることもできなかった。だが、いまはちがう。私はもう自由だ。カナダシティのシェリフをやめたのだからね」

「ええっ? シェリフをやめたのですか?」

「ああ、そうだよ。簡単なことだった。私は自分が職務を良心的に果たすシェリフでいることと、マッコム一家の良心的な友人でいることを同時にはできなかった」

「ウワオ! あんたってすごいんだなあ」マットがうれしそうな声を上げた。

「いや、誤解しないでくれ」ゲイフェザーは首を振って言った。「私は良識的な人間だ。このような思い切った行動をとる前に、私はコッツヴィルの消防署に電話をかけて、カプリが話してくれた非常に興味深い話を確認したよ」

そう言って彼はカプリを見た。

「それだけが私がここに来た理由ではない。フランシアとカプリが直面している問題のすばらしい解決法を思いついたので、それを伝えにきたのだ」

第十九章

サボとフランシアは、トビー・ブラザーズ巡業カーニバルの値段の折り合いがついたところだった。それは彼が以前オファーした値段とはかけ離れたものだったが、フランシアは強く注文をつけられる立場にはいなかったし、なにより、彼らはその日の六時までにカナダシティの外に出なければならなかった。もしそれより遅れたら、罰金が加算される。フランシアはこのカーニバルを少しでも早く売らなければならないと決心していた。それに、あまり時間がかかると、こらえている涙がこぼれ落ちてしまうかもしれなかった。それを見たらサボは当惑するだろうし、なにより彼女自身きまりが悪かった。二週間前だったら、カーニバルを経営するのに慣れるなどということは考えられなかったが、いま、これを手放すことになると、不思議にむなしい思いがした。カーニバルは彼女には頭痛の種だったが、よろこびの種でもあったのだ。

いま、フランシアは万年筆を取り出し、インク壺のふたを取って——この期に及んでペンにインクが入っていなかったら屈辱的だった——インクを吸わせ、売買契約書に署名しようと体を前に乗りだした。

「ここです、ゲイフェザーさん」

と、突然そのときカプリの声が聞こえた。

フランシアはペンを置き、振り返った。驚きを隠しきれなかった。

「ゲイフェザーさんの車に乗せてもらったの」カプリがうれしそうに言った。「ハロー、サボ。ゲイフェザーさんが話があるそうよ、フラン」

「いまさらなんの話かしら」フランの声は冷たかった。

「ゲイフェザーさんはもうシェリフじゃないのよ。やめたんですって」

「ほんとうに?」

「ほんとうですよ」ゲイフェザーが帽子を脱ぎながら言った。「ミセス・マッコム、私はコッツヴィルの不審火のことを調べたのです。それで、今回のカナダシティの決定は抜かりのないものだったかもしれないが、少し早計だったのではないかと思うに至った。まだカーニバルを売っていませんよね?」

フランシアはとまどいを見せた。そのときサボが口をはさんだ。

「いままさに売買契約書を交わそうとしていたところです。すみませんが、そこに座って、ちょっと待っていてくれませんか?」

「私はミセス・マッコムに売らないようにと忠告したい」ゲイフェザーが言った。

サボが顔をしかめた。

「どうも、状況がよくおわかりではないようだな。このカーニバルは今日の夕方六時までに、町を出なければならないのです。私はこのカーニバルを買い取ることでミセス・マッコムを助けようとしているんですよ。それだけじゃない、ここから動くための経費も全部負担しようとしているんです」

「それは必要ない」ゲイフェザーはそっけなく言った。「私はこのカーニバルの移動先を見つけたから。それもここから十キロ以内のところに」

「まあ、どこです？」フランシアが声を上げた。

ゲイフェザーはフランシアに一礼した。

「あなたの農場ですよ、ミセス・マッコム。いや、いまでは私のものだが。だが、今週いっぱい、そこを提供しようと思うのです。いかがですかな？」

フランシアは椅子に沈み込んだ。カプリは歓声を上げた。

「リバージャンクションね！」

サボがにんまりと笑った。

「がっかりさせたくないのですが、それは当局が許可を与えないでしょう、カナダシティでスキャンダルがあったあとでは」

ゲイフェザーはなにも言わずにポケットからふくれた白い封筒を取り出し、机の上に置いた。

「いいや、それどころか」ゲイフェザーがサボに言った。「ここに許可書がある。私は今度の事件を徹底的に調べ、リバージャンクションの町にカーニバル開催の許可書を申請し、手に入れた。私の農場はカナダシティとリバージャンクションのちょうど境目にあるのだ。リバージャンクションの町はカーニバルを歓迎しているよ」

「まあ、それじゃ、また初めから出直しね！」フランシアが声を上げた。

カプリは急に不安になった。

「フラン、そうしたいんでしょう、そうじゃないの？」

「わたしだって、町から放り出されるのはあなたとおなじように好きじゃないわ。だから、もちろんそのことは残念だけど、こうなったことはうれしいわ」

サボの口がゆがんだ。

「こう言っちゃ悪いが、カーニバルにはもうなにもない。残骸だね。キャプテン・サウスランドは行ってしまったし、雑役係は十一人も昨日の晩引き揚げた。考え直すほうがいいんじゃないですかね」

フランシアがにっこりほほえんだ。

「そんなことはかまいません。汚名が返上できるなら、この際わたしはなにもかまわないわ」

サボは笑わなかった。

「今度なにかが起こったら、私はもうこのように寛大なオファーはしないとだけ言っておこう」

頬の筋肉がヒクヒク引きつっている。彼は手を当ててそれを隠した。

フランシアがためらったのを見て、カプリが言った。

「なにも起きやしないわ、もう。わたしがなにも起きさせないわ、フラン」

みんなが手伝いに集まった。スリムが言うには、こんなにすばやくカーニバルが立ったのを一度も見たことがないそうだ。ママ・ブーンはテントの杭《くい》を打ち込むのが得意だった。長い腕を忙しそうに振るって見事に打ち込んだ。カプリとマットはカーニバル会場になる場所の草を刈っては、どんどん焼いた。会場がすっかりできあがったころには、あたりはすっかり暗くなっていた。看板が立てられ、電気がゲイフェザーの家からいくつものトレーラーハウスに引き込まれた。数人の雑役の若者たちがトラックから乗り物を降ろして、あっという間に二階建ての高さのテントを建て、その中におさめた。カプリはテントが立てられていくさまにすっかりみとれていた。いつ見ても決して飽きない光景だった。

「いま何時？」フランシアが訊いた。

十時と聞いて彼女はうなずいた。

「明日は午後二時に開けましょう。そして夜中まで営業することにするわ」

「マジックショーはどうかしら？」カプリが訊いた。「フラン、カーニバル会場で穴が空いているところをなくすために、できることはなんでもしなければならないわ。ビンゴのテントでアーチーにマジックをしてもらわない？」

ドックが笑った。

「こうしよう。スリムといっしょにあしたの朝、簡単なステージを作るよ。どうですか、ミセス・マッコム？」

フランシアはドックにほほえみ返した。

「フランシアと呼んで、ドック。形式的な呼び方はやめましょうよ。みんなカーニーなんだから」

カプリは耳を疑った。

「あ、観覧車が上がった」マットが言った。みんなが歓声を上げた。観覧車はカーニバルのシンボルだった。いちばん古くからある、いちばん派手な、いちばんいいものだった。

ここはカナダシティではない。田舎の小さな町だ。わたしたちのカーニバルはいままでにないほど小さく、いままでにないほどみすぼらしいけど、まだみんないっしょだ。

「さあ、そろそろトレーラーに行く？　フラン」カプリが声をかけた。

「ええ」と答えたが、フランシアはそのまましばらくその場に留まって観覧車を見上げていた。そして歩きだす前に言った。

「すてきね。ほんとうにすてき」

手を伸ばしてカプリの手を取った。その頬に涙が流れているのを見てカプリはどきっとした。

フランシアの声はやわらかかった。

「どうしてミスター・ゲイフェザーはこんなに親切にしてくれたのかしら？　こんなことをする必要はなかったのに、彼にとっては」

「わたしたちが傷つくのを見るのがいやだったんじゃない？」

フランシアはカプリの手を強く握った。そしてその手を離すと、向き直った。

「カプリ」

「はい？」

「わたし、まだきれい？」

暗闇の中でカプリはにっこり笑った。

「ええ、とてもきれいよ、フラン。きっとこれからもずっときれいよ」


朝、カプリはハンマーの音と人の声で目を覚ました。元気のいい、忙しそうな声だった。彼女はいきおいよく起きあがると、トレーラーのドアを大きく開けた。田舎の新鮮な空気を胸一杯に吸い込んだ。すでに何時間も前から太陽が上がっている。厨房の煙突からは煙が立ちのぼり、少し先の納屋から三羽の太った雌鳥がぶつぶつ言う年取った女の人のように首を振りながら出てきた。

朝露が草を濡らしていた。朝霧がまだ残っているところを見ると、今日もまた暑くなりそうだった。ほんものの六月のカーニバル日よりだ。出し物は少なくなったが、今晩はたくさんの客が入りそうな予感がした。

カプリはすばやく着替えて、カーニバル会場に行った。すでにフランシアとドックは宣伝ビラを人目につくところに張り出しに行っていた。マットは臨時のステージに最後の釘を打ち込んでいるところで、アーチーはマジシャンの道具一式を取り出していた。

アーチー、すなわちプロフェッサー・アーチボールドは白いスーツと金色のカマーバンドをなでた。

「またこれが着られるぞ。うれしいな」と彼はひとりごとを言った。「モリーはスパンコールのついたタイツを用意しているだろう」

キャプテン・サウスランドが小屋を張るはずだったスペースが空いているのは目立った。数日でいいから、残ってくれればよかったのに、とカプリは思った。そうしたら、歯が抜けたような寂しさはなかったでしょうに。

ママ・ブーンは小屋の前の看板を磨いていた。

「おはよう、カプリ。お天気は文句なしだね。すばらしい六月の天気じゃないか。あんたの誕生月だね？」

「ええ、そうよ」

「それじゃ、パーティーをやろうね」そう言って、彼女はあたりを見回し、首を振った。「このカーニバルがちゃちなものになってしまったのは、残念だよ。あたしにとってこのカーニバルはわが子のようなものだからね」

カプリはほほえんだ。

「ちょっと前のわたしなら、このカーニバルをちゃちなものなんて言う人がいたら食ってかかっていたと思うわ。でも、あなたはこのカーニバルをだれよりも愛している人よね」

「そうだね。だれかが天国にすばらしいカーニバルがあるよと教えてくれるまで、ここがあたしの居場所だよ」

カプリは物思いにふけりながら、足元の石を蹴った。

「わたしたちになにかできることがあるといいのに。いまこのカーニバル、すごく小さくない？　まるでガーデン・パーティーとか、ガールスカウトのキャンプみたいに」

「そうだよ」ママ・ブーンは腰に手を当ててきびしい顔でカプリを見た。「だからいまこのカーニバルにはほんとうにいい出し物が必要なんだ。この村の人たちを引きつける、すごい出し物が」

「ええ、知ってるわ」カプリはうなずいた。

ママ・ブーンはハンマーを打つ手を休めてこっちを見ているマットのほうを見やった。

「カプリ。ここに、そんなすごい芸を見せることができる人間がひとりいるんだよ」

「ほんとうに？　だれなのそれは？」

「マット・リンカーン」

カプリはころころと笑いだした。

「ママ・ブーンったら」と言って、ママ・ブーンのほうを見た。だが、ママ・ブーンは真剣で、その顔に笑いはなかった。カプリの顔からさっと笑いが消えた。「まさか本気じゃないでしょう？　いまの話は聞かなかったことにするわ」

「なぜだい？」ママ・ブーンは静かに訊いた。「あの子があんたの友だちだからかい？　だからあの子を特別扱いしようってのかい？」

カプリは立ち上がった。

「ちがうわ。もちろんそうじゃないわ。それは……、危険だからよ。危険すぎるからよ」

ママ・ブーンはすこし笑顔になった。

「マットはやりたがっている。知っているだろう？　いまだってこっちを見ているじゃないか。ちょっと前に来て、あの子はこの話をしていったんだよ。カーニバルはあの子を必要としている」

「じゃ、彼にこの話をたのまれたのね？」

「いいや、そうじゃない。あの子はこの話をあたしとドックにしたんだよ。それであたしらはいい話だと思った。三十メートルの高さから空中ダイビングするのは、初めは怖いだろうが、少しずつ慣れていけばいい」

「練習もしていないのに！」

ママ・ブーンはため息をついた。

「こういうことには練習なんてあまり役に立たないのさ。ただやるしかないんだよ」

「そうよ、だからいやなのよ！」カプリが叫んだ。

「あの子がマット・リンカーンでなかったら、そしてあの子がすでにどこか大きな都会でアクロバットをしていたら、あんたもきっとちがう反応をしただろうよ」

カプリは耳に手を当てた。

「もう聞きたくないわ！」

「あんたの母さんは聞くかもしれないよ」

カプリは泣き出した。こんなに腹が立ったことはなかった。

「ママ・ブーン、あなたってひどい人ね、こんなアイディアを話すなんて。ええ、あなたもマットもドックも、みんなひどい人だわ。どうして？　死んでしまうかもしれないのよ！」

「キャプテン・サウスランドはそのリスクを冒してた。そうじゃなかったかい？」

カプリとママ・ブーンは長い間そのままにらみ合った。だが、ママ・ブーンは、今日は後に引かなかった。いつもなら「そうだね、カプリ、あんたの言うとおりにしよう。あんたがそれほどいやならいいんだよ」と言うところだったが、その顔は硬い表情のままだった。

カプリは大きく息を吸い込んだ。

「みんな、あの人が死んでもいいのなら、好きなようにすればいいじゃない！」

そう言うと、彼女はそこから走り出した。だが、すぐに行き止まりに来てしまった。そして振り向くと、まるでまだ十分に反対していなかったかのように、ママ・ブーンに叫んだ。

「わたしはぜったいに反対よ！」

だが、風がその言葉をかき消してしまった。だめよ、ぜったいにだめ、と彼女は心の中で叫び続けた。

昼食時間、フランシアは忙しかった。皿のそばに書類を置き、飲み食いの合間に目を通した。カプリは顔をしかめて彼女を見ていたが、なにも言わなかった。ママ・ブーンがあのように思うのなら、フランシアも同感かもしれない。なぜなら、ある意味でママ・ブーンは正しいからだ。三十メートルのジャンプなら、間違いなく評判が立つだろう。でも、どうしてマット？　マットだけはいや。

「どうしたの、カプリ？　さっきからぶつぶつとひとりごとを言っているけど？　それにきげんが悪そうね。今日は特別の日だから、あなたは興奮して上きげんだろうと思ったのに」

お気の毒さま。きげんがいいはずないわよ。カーニバルがこんなに小さいこと、それこそが危険なのだ。キャプテン・サウスランドがここにいるときは、だれもそんなことを考えなかった。

「フラン、もしママ・ブーンが話があると言ってきたら、耳を貸さないでね」

フランは眉を上げた。

「どうして？　わたしはいつもママ・ブーンの話はちゃんと聞きますよ。彼女はとても賢くてタフな年長者ですからね」

「うーん」カプリは困ってしまった。「それじゃ、ママ・ブーンの言うことを聞く前に、必ずわたしに話すと約束してくれる？」

フランシアは肩をすぼめた。

「わかったわ。これはあなたのカーニバルでもあるものね」

これでいいわ、とカプリは思った。そして少し気が軽くなって皿を洗い、ラックに立てかけた。

第二十章

午後に始まったカーニバルは、そこそこの人の入りだった。もちろんそれまでの客数とは比較にならなかった。それに客はおもに子どもで、当然乗り物に乗る回数も小遣いによって限られた。しかし、ドックの言うように、子どもたちは宣伝に役立つかもしれなかった。家に帰って親たちに夜またいっしょに行こうとせがむかもしれない。

「だが、子どもたちで問題なのは」とドックが顔をしかめて言った。「彼らはまっすぐ乗り物に行くだけで、物売りの屋台には金が落ちないことだ。金が入らないと、屋台やスタンドの人たちは次へ移ってしまう。おれたちは彼らなしではやっていけない。もうすでにずいぶん少なくなっているからね」

マジシャンの中のマジシャン、プロフェッサー・アーチボールドもまた少ない観客の中で演じた。彼の演技はすばらしかったが、その彼にも喝采が耳をつんざくようなものだったように振る舞うのはむずかしかった。

カプリはカーニバル会場を出て、農場のスプリングハウスのほうに歩きだした。そこは肉類の貯蔵のための涼しい小屋で、そこへ行って考えごとをしようと思ったのだ。だが、母屋のフロントポーチにいたゲイフェザーに呼び止められた。彼は椅子に寄りかかってパイプを吸い、両足をポーチのレールにのせていた。

「こっちにおいで。話がある。見てごらん。きれいな景色だろう。農場だからといってこんなに美しい景色が見えるところはめったにないよ」

カプリはいちばん上の階段に無造作に脚を投げ出して座り、手で顔に風を送った。

「暑いですね」

ゲイフェザーは立ち上がった。

「家の中を見てくれないか。新しく壁紙を張り替えたばかりだ。それになんといっても気持ちよくて涼しいよ」

カプリは素直に立ち上がり、彼の後ろに続いた。

ホールの壁紙は縞模様だった。

ダイニングルームの壁は花模様だった。

「とてもいいわ」と彼女は言った。

「とてもいいですね」

ゲイフェザーは台所へ行って、冷えたルートビールを注いだグラスを二つ持ってきた。

「ありがとうございます。とてもいいわ」

ゲイフェザーは両手を腰に当てて、きびしい顔でカプリを見下ろした。

「きみの語彙《ごい》は最近少なくなったのかい？　それともうわのそらなのか？　さっきからとて

もいいを三回も繰り返しているようだが。どうかしたのかね？」

「い、いいえ」と言ったとたん、カプリの目から涙がこぼれ落ちた。

ゲイフェザーはハンカチを取り出して渡すと、カプリを書斎に連れていった。

「座って、なにが起きたか話しなさい」

カプリははなをすすった。

「わたしったら、泣いてばっかり。どうしていいかわからないの……。とても恐ろしいことが起きたんです」

「どうした？　いったいどんなことが起きたというのかね？」ゲイフェザーが心配そうに訊いた。

カプリはゆっくり話しだした。

「マットがいままでキャプテン・サウスランドのモーターバイク・ショーがやっていたメイン・アトラクションをやりたがっていて、ドックとママ・ブーンはその後押しをしているんです！」

「マットがモーターバイク乗りだとは知らなかったな」ゲイフェザーが言った。

カプリは首を振った。

「いいえ、ちがいます。マットは三十メートルの高さから空中ダイビングをして水槽に飛び込もうとしているんです。それも、とても小さな水槽に」

「なんということだ！」ゲイフェザーが叫んだ。

カプリはうなずいた。

「そうなんです。マットはすっかりそれに取り憑かれてしまって。彼はアクロバット芸人なんです。これでプロとしてスタートしたいと言うんです。どうしてもやりたいと」

「そんなこと、やった人間がいるのかい？　できることなのかい？」ゲイフェザーがカプリに訊いた。

「知りません。ほんとうに知らないんです」カプリはみじめな顔で言った。

「それで、ママ・ブーンとドックは大賛成なのだね？」

カプリは唇をきつく嚙んだ。

「ええ」

ゲイフェザーは立ち上がって、部屋の中を歩き始めた。

「マットはばかなやつだ。愚か者中の愚か者だ。きみはやってもいいとは言わなかっただろうね？」

「わたし？　もちろんです、ゲイフェザーさん。わたしはぜったいにそんなことさせたくない。ぜったいにいやです」

「こんな愚かなことは聞いたこともない。自殺行為じゃないか。なぜそんなことをしたがるのだろう？」

「このカーニバルにはお客さんの目を引くなにかすごいアトラクションが必要だと思っているんだと思います。それに、どこへ行っても彼は若すぎるので、だれも彼のことを本気で受け取らないでしょう。どこかほかのところでデビューしたら、お金もかかるし。でも、わたしは……、わたしだって彼が本気だとは思わなかったの」

「それで、あの愚か者はきみに決めてくれとあずけたのだね。もう母さんには話したのかい？」

カプリは首を振った。

「話しなさい。どっちにしても彼女が決めることだ」彼は指を一本立てて彼女に言った。「いいかい、よく聞きなさい、カプリ。フランシアに話すことだ。十八歳の若者に、いや、だれにであれ、そんな危険を冒させる女性はいないよ。そんな責任はとらないだろう。心配しないで、フランシアに話すのだ。彼女はちゃんとした判断をする人だよ」

カプリはほっとして深いため息をついた。よく考えて、そのとおりだと思った。フランシアを頼ればいいのだ。彼女はカプリの幸せだけを望んでいる。カプリの顔にほほえみが浮かんだ。

「そうします。フランシアに話します。ありがとう、ゲイフェザーさん」

「ルートビールを飲んでから行きなさい。さて、どうだい、この書斎は？　気に入ったかね？」

彼の視線を追って、カプリは天井まで届きそうなフランシアとシュー伯父のポートレート写真に気がついた。家に戻ったようななつかしさを感じた。家具は見たことのないものだったが、そこになじんでいた。昔の幽霊のように壁に掛かっている母と伯父の写真といっしょにそこにあっても、違和感はなかった。

　ゲイフェザーは笑った。

「きみは私のお気に入りの写真を見ているのだよ、カプリ。眠れない夜はいつも、いまきみが座っているその椅子に腰を下ろして、彼女をみつめ、どうしているのだろうと考えたものだ」

「彼女？」

「ああ。フランシシア・アボット・マッコム、きみのお母さんだよ、カプリ。ほかにだれがいるというのかね？　きみの伯父さんとは話ができたらよかったが、きみのお母さんのことは、写真を見るだけでうれしかった」

　カプリはまた写真に目を戻した。

「わたしもこの写真好きです。とっても優雅に見えるわ。とても現実の人とは思えないほど」

　ゲイフェザーは驚いたようにぎくっとした。それから少年のように笑った。

「こっちに来なさい、カプリ」

　カプリがそうすると、彼の顔がうれしそうに輝いた。

「話があるのだ。そのスツールに座ってよく聞いてほしい。そうしてくれると話しやすい。話というのは……」

「はい？」

カプリが訊き、彼はためらった。それから大きく息を吸い込んだ。

「私はきみのお母さんのことがとても好きになってしまったのだ」

カプリは驚いてスツールから落ちそうになった。

「あなたが？　だけど、あなたはずっと……」

「ああ、そのとおり。私たちは嫌い合っているように見えたと言いたいのだろう？」彼はほほえんだ。「いや、言っておかなければならないのは、私はまずポートレート写真の彼女に恋をしたということだ」

そう言って、彼はため息をついた。

「とてもおかしく聞こえるだろう？　まるで若者がスターの写真を見て恋するような。だが、私はずっとひとり暮らしで寂しかったのだよ。若いときは一文無しから始めたから、がむしゃらに働いた。そして仕事に成功した。大成功と言ってもいい。だから早くに羊毛製造業会社の社長の仕事を引退することができたのだよ」

ゲイフェザーの顔に小さな笑いが浮かんだ。まるで自分の人生のような取るに足りない話で彼女の時間をつぶしているのが申し訳ないとでもいうように。

「引退してカナダシティに来て初めて、私は仕事ばかりしてきたために人の付き合いや、暮らしのことなどをずっと軽んじてきたと気がついたのだ。そしてそれはとても大切なことなのだということも」

「シュー伯父とフランシアもそうだったんです！」カプリが声を上げた。「そっくりです。

一生懸命働いて、お金をたくさん儲けて。でも、ここに来て……」彼女はためらった。母親たちの人生を批判しているように思われたくなかった。だが、たくさんの人たちが同じような経験をしているのかもしれないとも思った。

「さいわいにも、きみはそんな経験をしないだろうが」ゲイフェザーがほほえんだ。「私はうれしいよ、きみに会えて」

「でも、あなたはなにをしてきたのですか？　引退してからどこへ行ったんです？」

彼はほほえんだ。

「政治に首を突っ込んだのだよ。シェリフになった。すぐにではなかったが。そのときだよ、私がほんとうに落ち着くところ、家庭《ホーム》を作ろうと決心したのは。それできみたちの農場を買ったのだ」

彼は少しためらったが、また話し始めた。

「どういうふうに話したらいいのか、わからないが、やってみよう。初め、きみのお母さんのポートレートは単に美しいものにすぎなかった。私がずっとあこがれてきた美しいものの象徴だった。だがしだいに、きみのお母さんは実際にいま生きている本物の人間であると思うようになった。キャンバスの上に描かれた単なる絵ではないのだと。それで、きみたちはいったいどうしているのだろうと思った。わたしはカランダー弁護士に問い合わせたのだが、彼ははっきりした返事をくれなかった。私はもう一生きみたちには会えないかもしれないと思い始めたところだった」

「そしたら、わたしたちが現れたのですね？」カプリが笑いだした。

「そうだ。きみたちが現れたのだ」

「そして、あなたはフランシアに気づきさえしなかった」

ゲイフェザーの顔に笑いが浮かんだ。

「それが人生なのだよ、カプリ。現実はそういうものなのだ。これが物語だったら、きみのお母さんはあの壁のポートレートと同じように若くて美しい姿で私の前に現れたのだろうが、現実に彼女に会ったときは『なんていやな女の人だろう、人に向かって大声でどなって、腕をふりまわすとは』と思っただけだった」

カプリはうなずいた。

「母さんはあの日、すっかり意気消沈していたんです」

ゲイフェザーはほほえんだ。

「そうだったね。人間はしばしば落ち込むものだよ。しかし、あのとき私はがっかりしてしまった。だが、おかしなことに、ほっとしたのもほんとうなのだ。ポートレートのフランシアが現実だったら、私はきっと近くにも寄れなかっただろうと思う。だが、きげんの悪いフランシアは現実のフランシアだった。疲れて、頭が混乱していて、私には壁のポートレートよりもずっといきいきとして見えた。彼女のおかげで私はまた若さを取り戻したように感じた。そして生きている実感をもったのだよ」

ゲイフェザーは振り返ってポートレートをながめた。

「気がつくと、私はきみのお母さんを幸せにしたい、と思っていた。それこそ自分がこの世でいちばんしたいことだ。彼女の世話をしたいのだよ。彼女にふたたび穏やかな暮らしをさせてあげたいのだ」彼はカプリを見て首を振った。「フランシアは農場を離れるべきではなかったと思う。彼女はきみよりも農場の暮らしが合っていたのではないかな？　きみは若いしね。私は気がついたことがあるのだよ、カプリ。きみは伯父さんに似ているのじゃないか？　きみはどこにいようと幸せになれる、人と交わって幸せになれるタイプじゃないのかな？」

「ええ、でも、農場も好きだけど」カプリが言った。

ゲイフェザーは立ち上がった。両手をポケットに入れている。

「そうだね、きっとそうだろう。だがきみはカーニバルも好きなのだ。それがきみの母さんの恐れていたことなのじゃないか？　だからきみにほかのいろいろなことをさせたがっていたのじゃないだろうか？」

「そうかもしれない」と言って、カプリは立ち上がった。「それで、ゲイフェザーさん、これからどうするつもりですか？」

ゲイフェザーの顔に赤みがさした。

「フランシアに結婚を申し込むつもりだ。もしきみが反対でなければ」

カプリは目を輝かせた。

「反対？　いいえ、どうして？　すばらしいと思うわ。いつ申し込むの？」

「彼女がイエスと言いそうなときに。さあ、今日のところはもう帰りなさい。だが、このことはぜったいに話しちゃいけない。約束だよ」

「ええ、約束します」

カプリはうれしくてたまらなかった。ゲイフェザーはフランシアにぴったりの人だ。フランシアがそのことに気がついたら――近いうちにきっとそうなるはず――、またこの農場に戻れるんだわ。そして心ゆくまで田舎の生活を楽しめる余裕ができて、また優雅な暮らしができるんだわ。そしたら彼女は二度と支払いにきゅうきゅうとしたり、カーニバルの経営に頭を悩ませたりしなくてすむ。

カプリはホップ、ステップ、ジャンプをして、トレーラーのほうへ急いだ。フランシアにトビー・ブラザーズ巡業カーニバルでアクロバットのデビューをしたがっているマットの話をするつもりだった。そして彼女が下す判断に従うのだ。

第二十一章

丘の斜面に並んでいるトレーラーハウスのいくつかから、ベーコンやポットロースト（焼き目をつけてから蒸し焼きにした牛肉料理）やステーキの匂いがしてきた。しかし、マッコム母娘のトレーラーは静かだった。人の気配がなかった。カプリは心配になってドアを開けた。

フランシアは編み物をしていた。ラジオから音楽が静かに流れている。カプリが入ってきたのを見て、フランシアはほほえんだ。

「冷蔵庫にツナサラダが入っているわ。それからママ・ブーンが持ってきてくれたスイカも」

「フランは食べないの？」

「もう食べましたよ。ずいぶん待ったけど」

「ゲイフェザーさんと話をしていたの。家を見せてもらったわ」

「そうなの」とフランは編み物の動きを止めた。「さっきマットが来たわ」

「なんの用事で？」カプリはまた怒りがこみあげてきた。

フランシアは肩をすくめた。

「あとでまた来るそうよ」

カプリはフランシアの前に座って足を揺らした。

「フラン、これでよかったと思う？」

「よかったか？　そうねえ、起きたことはよかったとは思えないわ。でも、カーニバルのことなら、以前ほどいやではないわ」彼女はため息をついた。「でもあなたのほうがわたしよりもカーニバルと近しいわ。今度はとてもいい仕事をしてくれたわね、カプリ。とくにマジックショーはよかった。あなたとサボはわたしよりもずっとカーニバルのために役に立っているわ」

カプリはほとんど聞いていなかった。明るい毛糸を編んでいるフランの手元を見るともなしに見ていた。

「そこ、目を落としてるわ、フラン」

「あら、いやだ」フランの声はきげんがよかった。

農場に住んでいるときのようだった。また母娘の仲が親密になった。フランが目を拾い上げてまた編み始めたとき、カプリは話を切りだした。

「マットのことなんだけど、フラン。ドックとママ・ブーンはマットの後押しをしているの。それで、ゲイフェザーさんは……」

「いったいなんの話？」フランシアが聞いた。

「マットが自分の芸を出したがっているの」

「彼の芸って？」

「彼、首の骨を折るつもりなのよ」カプリが苦々しそうに言った。フランに説明しながら、どうかわかってくれますようにと祈った。「とても危険なものなのよ、フラン。マットはまだ十八歳なの。すばらしいアクロバット芸人になるとは思うけど、こんなことをする必要はないと思うの。彼、ボードビリアンになりたいんだって。そういうチャンスをつかみたいと言うのよ」

「練習していたの？　どこで、どのように？」

「コッツヴィルの湖のほとりで。でも、三十メートルも高いところから飛び込むなんていうスタントには、練習なんてものはないにひとしいの。実行あるのみなのよ」

フランシアはうなずいた。

「マットの言うことは正しいと思うわ。デビューするつもりならいまがチャンスよ。アクロバットの芸は五十歳で始めるものじゃないから」

「それはそうだけど、でも……」

「カプリ、あなたはわたしがマットに飛び込みを禁じることを期待しているのね。危険すぎるから？」

「ええ。もちろんとめるでしょう、ねえ、フラン？」

フランは編み物をおいて、手を膝の上で組んだ。目を閉じた。

「いま聞いたことを繰り返してみるわね。マットは三十メートルの高さから水槽に飛び込めると思っている。彼はそうしたがっている。そしてドックもママ・ブーンも彼の後押しをしている。あなたは反対している。危険すぎると思っている」

「そのとおりよ」カプリは身を乗り出して言った。

「もちろん、危険よ、あなたの言うとおり」フランシアが目を開きながら言った。

「でも、禁じてくれるんでしょう、フラン？」カプリが訊いた。

フランシアは低い声で言った。

「いいえ、わたしは禁じませんよ、カプリ」

「フラン！」

「いま言ったとおりよ。わたしは禁止しません」

カプリは息を呑んだ。驚きと恐れで顔が真っ赤になった。そして興奮を抑えて低い声で言った。

「フランシア、あなたはマットのスタントで稼ぐお金のことを考えているんでしょう？　カーニバルが有名になるとか、成功するとか、もっとお金を稼げるとか。どうして？　どうしてそんなふうに考えられるの？」

フランシアは首を振った。

「そうじゃないわ、カプリ。わたしは普通の人間よ。たくさんの間違いを犯してきたわ。でも経験から学んでもきた。少なくともそう望んでいるわ」

「間違いですって！」カプリは頭がおかしくなったように叫んだ。「フラン、あなたは人間じゃないわ。どうしてマットに命がけのスタントなんてさせるの？　あなたは……」

「カプリ」

カプリは話を途中でやめて、驚いてフランシアを見た。フランシアは動かなかった。声も荒立てていなかった。落ち着いていて、静かだった。

「あとで後悔するようなことは、言わないほうがいいわ、カプリ。わたしはあなたのことを考えているのと同じくらいマットのことを考えているのよ。もし彼がそのスタントをしたがっているのなら、だれもとめることはできないわ。彼のデビューを遅らせることはできるかもしれない。でも、やめさせることはできないのよ」

「でも、彼を説得して引き留めることはできるはずよ。もう少し待ってもらうことはできるわ」

フランシアの言葉は静かだった。

「あなたは怖いのでしょう、カプリ。なにかが起きるのじゃないかと思って、怖いのね。あなたはいま、砂に頭を埋めているのよ。わたしに似ているわ。そっくりよ。でも、あなたはボードビルを知らない。そうでしょう？　ショービジネスを知らないでしょう？　わたしはあなたにそれを一生知ってほしくなかったわ。農場かカーニバルかを選ばなければならなかったとき、どうしてわたしはカーニバルを選んでしまったのか。絶望から、間違った判断をしてしまったのね。あなたにはショービジネスの親たちの血が流れているのだから、当然……」

「待って、親たちって？　お父さんはちがうじゃない？」

フランシアは首を振った。

「いいえ、あなたのお父さんもそうだったのよ」

「どういうこと？」カプリが呆然とした。

フランシアは深いため息をついた。

「あなたのお父さんは、ほんとうは銀行員ではなかったのよ、カプリ」

「えっ？」

「そうなの。たしかに彼はあなたが生まれる前の六か月間、銀行で働いたことは働いたわ。我慢して働いたのよ。わたしが彼にステージの仕事をしてほしくなかったから。だけど、あなたが生まれたとき、彼は静かに出ていってしまったの」

「お母さん！」

「そうなの。わたしをおいて、行ってしまったの。ボードビルに戻っていったのよ」

カプリは驚きで口がふさがらなかった。フランシアはそんな彼女のほうに目を向けなかった。

「彼の名はメジャー・マーヴェル、天才マジシャンと呼ばれた人よ」

カプリは大きく息を吸い込んだ。

「その人の名前、聞いたことがあるわ」

「そんなわけで、彼を銀行員と言うのはうそなの。わたしがそう望んだだけ。彼にそうなってほしかったの。でも、それは彼をとても不幸にしてしまった。あの人は舞台なしでは生きられない人だったのよ」

「それじゃ、列車の事故で死んだというのは？」

フランシアは静かに立ち上がった。

「その部分だけはほんとうよ。わたしは彼に悪いことをしたと思っていると伝えるチャンスを永遠に失ってしまったのよ」

「お母さん……」

フランシアは急に足が萎えたようにふたたび椅子に腰を下ろした。

「さあ、これで秘密を知ってしまったわね。このカーニバルのせいでこの話をあなたにしなければならなくなったのだから、カーニバルをうらむわ」悲しそうなほほえみが唇に浮かんだ。「でも、わたしはあなたに同じ間違いを犯させたくなかったの。ほかの人を自分の人生にむりやり合わさせようとするのは間違いよ」

二人ともなにも言わずに座っていた。しばらくしてフランシアが静かに言い足した。

「そうよ、カプリ。あなたは事実に直面しなければならないの。こんなことになったのは悲しいけど、わたしにはマットのチャンスをつぶすことはできないわ。もしこれが彼の世界で、これが彼の望むことなら、仕方がないのよ。そしてもし、彼がやろうとしていることが危険なことだとしても、ほんとうに残念だけどどうしようもないのよ。これがショービジネスなのだから。カーニバルの世界、サーカスの世界、ボードビルの世界なのだから。でも、もし彼がそんな世界にむいていないのなら──わたしの場合がそうだったけど──、彼は飛び込み台から飛び降りないでしょうよ。わたし個人としては、そうしてくれればどんなにうれしいかしれないけど」

「それは、飛び込み台の上に立ってから、彼が後悔してやめるということ?」

「ええ、そうよ。彼が急にやめるということはあり得るわ。でもわたしは彼をとめない。そしてあなたもとめちゃいけないわ。もしそうしたら、これからほかのことも恐れなければならなくなる。それも一生。わたしがそうだったように。だれも彼の目的をじゃましてはいけないのよ」彼女はこぶしを握りしめた。「信じて、カプリ。これは真実なの」

カプリは母親を見上げた。そして急に手を母親の頬にさしのべた。いま初めて母親をひとりの人間として見ることができた。間違いを犯し、苦しんできた人間、そしてまた新しい暮らしを築く努力をしてきた人間として。

きっとわたしもそのように生きるだろう、と彼女は思った。そしてフランシアはわたしの間違いを小さなものにしたいと、彼女のように決定的なものにしたくないと思っているのだ。

そのとき、フランシアがそっとつぶやくように言った。まるで部屋にもうひとりだれか人がいて、その人に向かって説明するかのように。

「わたしがほしかったのは、小さな庭だけだったのよ。バラを植え、ロベリアやヒエンソウを植えて、心豊かに穏やかに暮らすこと。それが望みだったの」

なんて悲劇的なのだろう、とカプリは思った。フランシアは喝采も称賛も知っていた。王族にも知られるような有名なアーティストだった。だが、ほんとうに彼女が望んでいたのは、庭いじりをして平穏無事に暮らすことだったとは。

第二十二章

　カプリはマットにもフランシアにも会いたくなかったので、早々にベッドに就いた。眠りは浅く、メジャー・マーヴェルの夢から恐怖のアクロバットまで次々に現れては消えた。目を開けたときはまだ暗く、悪夢で目が覚めたのか、なにかの音で目が覚めたのかわからなかった。

　すべてが静かだった。ナイトテーブルの蛍光塗料で光る目覚まし時計の針が朝の三時を示していた。ちょうど三時。そんなポップソングがあったっけ。カプリは寝返りを打ってどんな歌だったか思い出そうとした。

　向かい側のベッドにはフランシアがぐっすり眠っていた。まるでなんの心配事もないみたい、とカプリは腹が立った。

　マットが飛び込み台に立って、迷いなく飛び降りたらどうしよう？　カプリは目を閉じ、前の晩にフランシアが注文した足場の上に自分が立つ姿を想像してみた。エンパイアステートビルディングのように高いところから、人々の期待と恐怖に満ちた顔を自分がながめ下ろす様子を思い描いてみた。そして頭を振ってその光景を打ち消した。想像するだけで目がくらんだ。

「足場には木材を使って」と、きのうフランシアがドックに話していた。「もしあしたの晩マットが成功したら、本格的に鋼鉄で作らせましょう」

「わかったよ、フランシア。簡単に作れる」とドックが答えていた。

マットに対しては、フランシアはこう言っていた。

「わかるわね、これは試しだけなのよ。もし気持ちが変わったら、いますぐでも、今日中でも、あるいはあした飛び込み台に立ってからでも、やめていいのよ。わかった、マット?」

だが、マットはそんなことなど耳に入らないらしく、まるでサンタクロースから全世界をプレゼントされたような顔でフランシアをうれしそうに見ていた。

ああ、ああ、なんでこんなことになってしまったのかしら、とカプリはため息をついた。いま、カプリとマットは仲違いしている。そうするよりほかなかった。もし、マットと一分でも二人だけになったら、カプリは自分を抑えることができなくなって、泣いたりわめいたりしてマットにやめてと訴えるにちがいなかったからだ。

ベッドに横たわりながら、カプリはこんなことを思って、歯ぎしりした。ああ、マットがわたしの思いに気がついてさえくれれば! だが、カプリはそんな自分の思いを見せてマットのじゃまをするつもりはなかった。もしこれがほんとうに彼のしたいことなら、フランシアから言われたとおり、カプリは自分の恐怖で彼の行く道をさえぎることだけはしたくないと思っていた。だが、夜、ベッドに横たわると、恐怖がふたたび頭をもたげてくるのだ。いま、彼女はその恐怖と闘っていた。

カーニバルの仲間のうちでは、サボだけがカプリと同じ意見だった。フランシアがマットにアクロバットを許可したことを聞くと、サボは突然怒りだした。カプリは自分以外にもマットのことをこれほど心配している人がいると知って、心強かった。

「こんな愚かなことをやり続けるのなら、私はこのカーニバルをやめて出ていきますよ」

「なぜ？」フランシアがサボのあまりの勢いに驚いて訊いた。

「理由などどうでもいい」サボは口をきつく結んだ。いままでだれも彼がこんなに怒る姿を見たことがなかった。

いま、真っ暗なトレーラーの中でベッドに横たわるカプリの耳に、草のあいだをそっと歩く足音が聞こえた。ときどき立ち止まり、また進んでいく。犬かしら、とカプリは思った。だが、それもおかしかった。じっと立ち止まっている時間が長すぎた。そして動き出したとき、おかしな音がした。その抜き足差し足で歩く音が、かえってカプリの耳に大きく響いたのだ。

カプリは静かに窓の下まで頭を下げると、そっとカーテンと窓枠のあいだから外をのぞき見た。最初はなにも見えなかった。だがしだいに目が暗闇になれてくると、カーニバル会場に向かって並んでいるトレーラーの群れが見えてきた。そして、二つのトレーラーのあいだをゆっくりと歩いていく男の姿がぼんやりと見えた。

おかしいわ、だれかしら。

男は草のあいだを忍び足で歩いていく。腰をかがめて目立たないようにあたりに目を配りながら。カプリからは男の背中が見えた。男はカプリの寝ているトレーラーからカーニバルのほうへ向かって体をかがめて歩いていく。さっきはきっとこの窓の下で立ち止まったのだろうとカプリは思った。その音で目を覚ましたのだろう。

そのとき、二つのことが一度に起きた。赤ん坊が突然泣き出し、ネブスのトレーラーに電気がついたとたん、男がしゃがみ込んだかと思うと姿が消えた。だが、男の姿が消える前に、その顔がカプリから見えた。サボだった。

おかしいわ、とカプリは眉を寄せた。そして、なぜサボが隠れるようにして歩いていたのだろうと思った。なんでもないことかもしれない、とも思った。サボもまた眠れなかったのかもしれない。それなら、みんなが眠っているから起こさないように、そっと歩いていてもおかしくない。とくにサボなら、このカーニバルの主《ぬし》のような人だから、見回って歩いていても変ではない。

「でも、あれは単にそっと歩いている、というのではなかったわ」とカプリは思った。そしてぴったりの言葉を思いついた。「忍び足で歩いていたわ」

彼女は急に思い立った。

「わたしもどうせ眠れないんだから、彼がなにをしているのか、見てこよう」

すばやくパジャマの上に作業ズボンをはくと、その上から厚いセーターを着て、そっと外に出た。

明け方の匂いがした。カプリは胸いっぱいに空気を吸い込むと、カーニバルのほうへ歩きだした。

サボの姿はどこにも見当たらなかった。本能的に、彼女はマダム・ゼラの占いのテントのそばまできて、立ち止まった。

そのまま長いこと、そこに立っていた。北のほうにある果樹園の木を抜けて吹いてくる風の音以外は、まったくなにも聞こえなかった。カプリは待ちきれなくなった。そのとき突然、観覧車のてっぺんで、星のようにキラリと何かが光った。その光が動いたので、サボが観覧車に乗って懐中電灯を持っているのだとわかった。

修理かしら？　でも、こんな時間に？　修理ならあしたの午前中にできるのに。

カプリはゆっくりと観覧車に近づき、その土台に立った。

「サボ、なにをしているの、そんなところで？」

一瞬、静まり返った。それから彼のささやくような声が聞こえた。

「だれだ？」

「カプリよ。なにをしているの？」

ふたたびささやくような声がした。さっきよりももっと小さな声だった。

「ひとりかい？」

「ええ、もちろん」

そのときカプリの足元になにか重いものが落ちてきた。彼女はかがんでそれを拾い上げた。

頑丈なレンチだった。

カプリは手を口に当てた。これは落ちたのではない。だれかが投げたのだ。そのとき彼女はすべてがわかった。

怖くなった。自分のことではなく、カーニバルの人々みんなのことを思ってカプリは恐ろしくなった。だれもサボに疑いをもっていない。だれも彼の笑いに、彼の親切に疑問を抱かなかった。カプリはレンチを持ったままその場に立ちつくした。一つひとつのできごとがいま初めてつながり、意味のあるものになった。フランシアと自分がカーニバルを農場に移すと言うのを聞いたときのサボの怒りを思い出した。コッツヴィルでの火事で、被害の規模が予想よりも小さいと聞いたときの彼のおかしな態度を思い出した。

その理由は疑いようもなかった。そしてそれは決定的だとカプリは思った。とくに、サボが上からレンチを投げつけてきたいままでは、すべてがはっきりした。この彼の行動で、いままでの不可解なことがすべて明らかになった。

「カプリ、カプリ？」上のほうからまたもやささやきが聞こえた。「けがしなかったかい？あまり驚いたので、レンチを落としてしまった」

カプリは物陰に隠れた。心臓が早鐘のように鳴っている。もしほんとうに落としたのならば、レンチは観覧車のまっすぐ下に落ちるはずだ。観覧車の棒にぶつかったりして、下まで落ちるあいだに音を立てるはずだった。このレンチは彼女の声の方向をめがけて、故意に投げられたものだった。用心しなければならなかった。

サボの持っている懐中電灯の光がカプリを探して動きだした。そしてサボの声が続いた。

「カプリ、どこだい？」

「ここよ。そんなところでなにをしているのかと聞いているのよ」

突然サボが笑いだした。

「ゆうべ、ボルトが一つゆるんでいるのを見つけたのだ。それが心配だったのさ」

「朝まで待てなかったの？　それに観覧車を回せば、上までのぼらなくても、下で直せたのに」

サボはいま言われたことを考えているようだった。そのあいだも懐中電灯は休みなくカプリの姿を探し続けた。強い光線が、まるでチーズをカットするナイフのように暗闇を切った。必ず探し出すと決心しているようだった。

カプリは静かに問いかけた。

「あなたのいまの説明を信じる人がいるかしら。朝の三時半に修理をしていたなんて。しかも暗い中そんな高いところにのぼって」

「いま下りてそっちに行く。動くんじゃないよ」と言うサボの声が聞こえたと思うと
「は！」と言う声がした。懐中電灯の光が彼女の靴をとらえたのだ。カプリは恐怖でのどが詰まった。細い光が足元から顔まで上がってきた。彼女はまぶしい光を避けて後ろに下がった。そのとたん体がなにか硬いものにぶつかった。ノブ。レバーのノブだった。すると光が空に向かって揺れた。観覧車が動き出した。体がノブにぶつかって、観覧車をスタートさせ

てしまったのだ。

サボがどんどん下りてくる。彼が横棒につかまっている姿が濃紺の空を背景に黒い影となっている。次の瞬間にも地面に飛び降りそうだった。カプリはコントロール板のノブをめちゃめちゃに上げて、機械を逆回転させようとした。

観覧車が止まった。次の瞬間逆回転をして上がりだした。サボは落ちそうになったが、バランスを取り戻して観覧車とともに上がっていった。

「ドック、マット、フラン、スリム、チャーリー！　助けて！」

「カプリ！」サボの叫ぶ声がした。「子どものようにふるまうのはやめるんだ。下ろしてくれ。説明するから」

サボがゆっくりと慎重に、動く観覧車を下り始めた。カプリがまたでたらめにノブを動かすと、観覧車が下りだした。

「マット、ドック、フラン！」

意外なことに、いちばん先に明かりがついたのは、ゲイフェザーの母屋だった。次にドックのトレーラーの明かりがついた。だれかが走ってくる足音が聞こえる。そして突然、まわりのトレーラーにいっせいに明かりがつき、カプリの目を射た。

「カプリ、どうした？　なにが起きたんだ？」ドックの声がした。

「あの人よ、犯人は！　サボよ！」カプリの叫びが響き渡った。

いつのまにかすぐそばにゲイフェザーが立っていた。

「落ち着きなさい、カプリ。どうしたのだ？」

「彼は上にいるわ、なにをしているのか、訊いてちょうだい！　わたしにレンチを投げつけてきたのよ。あの人が犯人よ、ドック！　わからないの？」

「まあまあ。ヘイ、ニック、なにをしているんだ、そんなところで？」ドックが呼びかけた。

「やあ、ブーンか。おれがなにをしているのかって？　修理だよ。たしかに変な時間だが、眠れなくて。この子がやたらに騒ぎ立てるんで困ってしまう」

ドックが笑った。

「カプリ、どうしたんだ？　悪い夢でも見たのかい？　ヘイ、ニック、下りて来いよ。いいかげん、寝てくれよ」

だがそのとき、ゲイフェザーが前に進み出た。

「ちょっと待ってくれ。忘れていることがあるのじゃないか、ドック？　これをなんでもないことのように扱うのは間違いだ。カプリは理由もなく騒ぎ立てるような愚かな子ではない」

「どういうことです？」ドックが訊いた。

「サボ」ゲイフェザーが上に向かって声をかけた。「コッツヴィルで放火したのはあんただろう？　カナダシティでフランシアをはめたのも、あんただということはわかっている」

巨大な観覧車のあいだを吹き抜ける風の音だけが聞こえた。カプリは明かりをさえぎるように手を目の上にかざして見上げた。観覧車の上にいる人物は動かず、無言だった。その姿は不吉でぶきみだった。見下ろしもしない。まるで花のそばにぴったりくっついている繭《まゆ》のようだった。

そのとき、どうしたのという顔つきで、フランシアがみんなに加わった。だが、彼女はなにも訊く必要はなかった。みんなの顔を見て、彼女もまた空を見上げた。

よし、と言う声が聞こえたと思うと、ドックがコントロール板に行き、観覧車を下ろし始めた。サボは少しでも上のほうへのぼって抵抗しようとしたが、非情な機械の回転には抵抗できなかった。またたく間に彼はまるで地面に落ちた鳥のようにみんなの前に下ろされた。

ゲイフェザーがその腕をつかまえた。

「やめてくれ！　手を放してくれ！」

「それじゃ、なんの修理をしていたのか、みんなに話してくれ」ゲイフェザーが言った。

サボは唇をなめた。

「なぜこんなに騒ぎ立てるんだ。おれは……」と言いかけて、「なんの証拠がある？」と向き直った。

ゲイフェザーがフランシアに言った。

「たしかに証拠はない。だがそれも、だれか観覧車に乗って、彼がなんの修理をしていたかを見ればわかることだ」

フランシアが真っ青になった。

「どうぞ、危ないことはしないで！」

ゲイフェザーがほほえんだ。

「もちろん。サボさんにもう一度観覧車に乗ってもらえばわかることだ」

サボの顔がゆがんだ。恐怖に引きつっている。

「いやだ！　おれは乗らないぞ。だれか……、わかってくれ。おれはぜったいに乗りたくない！」

「なぜだ？　なぜ乗りたくないのだね？　あんたは修理したと言ったではないか？」

「ああ、いや、つまりそれは……」

サボはまるで縫い目がほどかれたコートのように少しずつ正体を現した。額の汗をぬぐった。

「いやだ。おれはぜったいに乗らないぞ。人を乗せた席がいちばん上まで来ると、壊れるように仕掛けてある」

フランシアの目が光った。

「そんなあなたを友だちと呼んでいたなんて！」

「なんということだ、ニック、よりによって、おまえが犯人だとは！」ドックが言った。

「それじゃ、コッツヴィルの放火も、カナダシティのイカサマ賭博のルーレット台も、みんなあんたのやったことか？」

サボが両手で顔をおおった。

「ああ、ああ、そうだ、みんな……」

「なぜだ?」

サボはフランシアを指さした。

「この女におれのカーニバルを取られたくなかった。おれがこのカーニバルのマネージャーだったんだぞ。この女にはおれが一週間であげられる利益を、一か月でもあげられなかったじゃないか」

「この男をつかまえていてくれ、ドック」ゲイフェザーがきびしい顔で言った。「車を取ってくる。このままカナダシティにこの男を突き出しに行こう」

「ああ、カプリ」フランがつぶやいた。「わたしたち、ほんとうに愚かだったのね。なにも気がつかなかったなんて」

カーニバル会場からなじみのある太い声が聞こえた。

「いったいぜんたい、この夜中になにが起きたんだい? あたしのような年寄りまで眠らせないなんて」

すその長い、真っ白なナイトガウンを羽織ったママ・ブーンの登場だった。まるで銃を構えるように手にテントの杭を握りしめている。その後ろをマットが息せき切って走ってきた。

カプリがにっこり笑って言った。

「風邪をひいちゃうわ、ママ・ブーン」

「もっと早く来られたんだが、入れ歯を落としちまって。マットはいい子だね。探すのを手伝ってくれたよ。さあ、いったいなにがあったのか、だれか説明しておくれ」

「もういいのよ。なんでもないの」カプリが笑った。「サボが観覧車が壊れるように仕掛けをしていたところをつかまえたの。これからカナダシティの警察に連れていくところよ」

ママ・ブーンはサボを冷たい目でながめた。

「なんだい、そんなことかい？　だったらもう少し静かにしてくれてもよさそうなものを」

そう言うと、サボの目の前できびすを返すと、まっすぐトレーラーに戻っていった。後ろにまとめた長い黒髪が、憤慨したように背中で揺れていた。

第二十三章

すべてがいつもどおりだった。ゆうがた六時にカーニバルのゲートが開けられ、小銭を用意したチャーリー・マーコニが切符売り場に陣取った。今日はスリが入ってきたとしても、きっと仕事を休みにしておかみさんとカーニバルを楽しむことだろう。そんな日だった。いままで起きたいやなことを一掃するかのように、すべてがなんの問題もなくスムーズに進んだ。

いままでカーニバルに対して冷淡だった人々、とくにトビー・ブラザーズ巡業カーニバルに冷たかった人々が真っ先にやってきた。観覧車はとくに人気が高かった。というのも、カナダシティがその日の夕刊でトビー・ブラザーズ巡業カーニバルに科した罰をすべて取り消したからだった。町の風紀委員会は謝罪広告を出し、カーニバルに対しこのシーズン中にカナダシティでの興行を再開するように要望した。これを新聞で読んだ人々は、競ってカーニバルを見に来たのだった。人々の関心はもう一つあった。マット・リンカーンという若者が、三十メートルの高さから飛び込みを見せるという前宣伝につられてやってきたのだ。

まだ真夜中ではなかったが、カプリにとってはあらゆるところに時計がぶら下がっているような気がした。チクタクと時計の進む音が大きく聞こえてくる。彼女には仕事があった。アーチーがモリーの体を半分に切るショーの手伝いをすることになっていた。モリーの足になるのだ。だが、練習で、彼女が陰で台から抜け出るたびに、時計が一時間も進むような気がした。

「カプリ、ぜんぜん集中できていないね」とアーチーが残念そうに言った。

「ああ、アーチー、ごめんなさい。ショーを台無しにするつもりはないんだけど」

「だいじょうぶだよ。もう少し集中さえしてくれれば」

「ええ、やってみるわ」

だが、ショーが始まると、アーチーはカプリの注意を促すために三回も台を叩かなければならなかった。台の後ろから出たとき、カプリはうなだれていた。

「アーチー、ごめんなさい……」カプリは謝りはじめた。

「だいじょうぶよ」どこからともなく現れたフランシアが言った。「行きなさい。ここはわたしが代わるから」

「フランが？　ああ、アーチーが来てくれってたのんだの？　ごめんなさい、きっとそうなのね？」

「いいえ、ちがいます」フランシアはうそをついた。「次のショーのときはあなたの出番がないほうがいいかもしれないと思っただけ。今日の最後のショーですからね。さ、いま走っていけば、マットの飛び込みに間に合うわよ」

だが、カプリはマットのショーが見たくなかった。まだ……、まだ一時間近くある。一時間近くも心配しなければならない。まだ彼に会いたくない。カプリはテントを出て、外のロープにぼんやりと寄りかかった。頬が熱くなっている。

「ハロー」とスリムが声をかけてきた。「疲れたのかい?」

「いいえ、ぜんぜん。いま何時?」

「十一時二十五分」スリムはテントにそっと寄りかかって、通り過ぎる人々をながめた。

「昔みたいだなあ。人がいっぱい入って。あんたの母さんはカーニバル興行の天才かもしれないよ。だが、ニック・サボのこと、あれはいったいどういうことだったのだろう? つい考えてしまうんだ」

「そうね、わたしもよ、スリム」

スリムは首を振った。

「あんたの母さんを追い出そうと、あの手この手の仕掛けをしたのも、頭がおかしくなったとしか思えない。どうしたんだろう。思い詰めたのだろうか?」スリムはため息をついた。

「人は愛するものを手に入れたがる。サボの場合、それがカーニバルだったのだろうか?」

二人は考えに沈んだ。しばらくしてスリムが言った。

「でも、いまあんたの頭にあるのは、ニック・サボのことじゃないだろう? マットが心配なんじゃないか? カプリ」

カプリは仏頂面で言った。

「言っとくけど、わたし、泣きだしたりしないわよ。それを心配しているのなら。ただ、なにか予期しないことが起きるかもしれないと思うと心配でたまらないの」

「だいじょうぶだよ、カプリ」

「でも、そうでしょう？　そういうこと、起きうるでしょう？」

スリムが静かに言った。

「おれはマットが好きだ。もちろん、あんたがマットのことが好きなのとは比べものにならないがね。だが、もし彼が土壇場でやめても、だれも彼のことを臆病者呼ばわりはしないだろうよ。新米の雑役係の若造だって、陰口を言いはしない」

「こんなところで、彼が土壇場でやめてくれればいいと願うなんて、自分はなんてひどい友だちなんだろうと思うとたまらないわ。ああ、わたし、カーニバルなんて大っ嫌い。こんなことに首を突っ込まなければよかったわ。マットがカーニバルのよい一員になりたくてやることだとしても、命がけでやるに値することじゃないわ。それでなにが解決できるというの？　せいぜい数百人の観客にスリルの一瞬を味わわせるだけじゃないの？」

「うん、でも問題はそのスリルなんだよ。わかるだろう、カプリ？　いまの世の中に、怖くない人間なんて残ってないさ。わかるだろう？　みんなヤワな人間ばかりになっちまった。死ぬのが怖いんだ。ミルク瓶にけっつまずいて、首の骨を折って死ぬのが怖いんだ。金がなくなるのが、病気になるのが、だれかを愛しすぎるのが怖いんだ。みんな、怖くてたまらないんだ。昔はそうではなかったんだが。だが、いまここにひとり、ガッツのあるやつが現れた。高い飛び込み台から飛び降りて、首を折るのを怖がらないやつが。しかも金のためにやろうってのじゃない。ただスリル満点だからやりたくてしょうがないんだよ。わかるか、おれの言いたいことが？」スリムが真顔で訊いた。「あいつを見るだけで、人は勇気をわけてもらえるような気がする。あいつは死に神の目をまっすぐに見て、怖くないぞ、おまえなんかクソ食らえ、と言っているんだよ」

スリムは話し終わると、てれくさそうに笑った。

「いまの話は忘れてくれ。おれはただの落ちぶれたカーニーだ。おれはマットがうらやましいんだよ。あいつの神経がうらやましい。おれにはこんなことはできない。ほかにこんなことができるやつは、おれの知るかぎり、いないね」

カプリはスリムの腕をぎゅっと握った。

「スリム、ありがとう。あなたってすてきな人ね」

「礼なんか言うな」

「いま何時？」

「十一時四十五分」

カプリはうなずいた。

「わたし、マットの様子を見てくるわ」

カプリはカーニバル会場を歩きだした。あと十五分でスポットライトが当てられる飛び込み台が目に入らないように、地面をみつめて歩いた。そして飛び込み台の下の小さなテントに入った。

「これは驚いた。見てごらん、だれが来たか」ママ・ブーンの大きな声が響いた。「いまこの子にメーキャップしてるところだよ」

「メーキャップ？」カプリは驚いて聞き返した。

「ハーイ、カプリ」マットが声をかけてきた。カプリはまっすぐに彼を見た。興奮している。大きな燃えるような目で彼女を見ている。カプリはとても正視できなかった。

「すごくハンサムだろう？」と言ったのは、隅に座っていたゲイフェザーだった。「筋肉がすばらしいよ」

「アクロバット芸人だものね」カプリは自分が軽く受け流している声を聞いた。

だれかがテントをのぞき込んでマットに声をかけた。

「スポットライトをつけるぞ。用意はいいか、マット。あと十分で登場だぞ」

だめ、ぜったいにだめ。そんなことをしちゃだめ。

「カプリ、きみは本気でこのビジネスの世界に入るつもりなんだね？」ゲイフェザーがからかうような口調で言った。

「そんなこと、わからないわ」カプリは苛立って言った。

「いや、彼女はもう入ってますよ」マットの落ち着いた声がした。

カプリはあんたなんか嫌い、というまなざしで冷たくマットを見下ろした。彼は幸福そうだった。今晩は彼のデビューの晩だ。ついに自分がだれかを見せることができるのだ。なぜこんな人と友だちになってしまったのだろうとカプリは絶望的に思った。こんな、ふつうの感覚をもっていない男の子、危険を楽しむような男の子と。

わたしは、ほんとうはこんな人知らない。知りたくない。わざわざ危険を冒すような人なんか。

「用意はいいか、マット」ドックの声がした。「十二時だ。スリムがおまえの紹介をはじめるぞ」

「わかった。ありがとう、ドック」

「グッドラック、マット」ママ・ブーンが彼の頬に音を立ててキスをした。

「ありがとう、ママ・ブーン」マットがママ・ブーンの背中に手を回して抱きしめた。「そして、カプリ……」

「グッドラック、マット」カプリが硬い声で言った。

マットがカプリのほうに体を傾けたかと思うと、すばやく唇にキスした。カプリはそのとき、彼も怖いのだとわかった。彼の腕が震えているのを感じた。

「グッドラック」カプリはもう一度ささやいた。

マットは一度も振り返らずにテントを出ていった。タイツのスパンコールにライトがあたって、オレンジ色に光った。

「レディーズ・アンド・ジェントルメン！」スリムが声を張り上げた。「今晩、ここに死をも恐れぬ勇敢な若者が……」

カプリは母親とゲイフェザーの間に座った。

「あの子、飛び降りるかしら？　ねえ、どうお思いになる？」

「わからない」ゲイフェザーが言った。「緊張して、なにかにつかまりたい気持ちだ。きみの手を握らせておくれ」

わたしにはだれもいない。わたしにはなにもない。

飛び込み台は恐ろしいほど高かった。スポットライトがそのまわりをぐるぐる回っている。その一つの光が、ゆっくりと、一度も下を見ずにはしごをのぼっていくマットの姿をつかまえた。

「ああ、神様。どうぞ、彼を戻らせてください」カプリは胸の中で祈った。

どんどんのぼっていく。スパンコールが光に反射しないところまでのぼりつめた。顔はもはやはっきり見えない。

「さあ、みなさま、彼はのぼりつめました。いま、飛び込み台の上に立ちました。すぐにも……」

すぐにも、彼はくるりと後ろ向きになって、下りてくる。だれも彼を責めはしない。

人々が息を呑む音が響いた。谷間をわたって吹く風のような音だった。まるで観客がいっせいに息を吸い込み、マットが飛び込むまでその息を詰めているような感じだった。

「フランシア！　フランシア！」カプリが呼んだ。

すぐに止めてほしかった。マットはこのまま続けるつもりであることはもう明らかだった。

すぐにも止めなければ！　カプリは気分が悪くなった。フランシアに向かって叫びたかったが、声が出てこなかった。

いま彼はつま先立ちになって体を前に倒している。観客席からはしわぶき一つ聞こえなかった。カプリもなにも言わなかった。のどが詰まって声が出せなかった。

マットが動いた。ジャンプしたかと思うと飛び込んだ。満場の観客がいっせいに叫んだ。そして静まり返った。絶対的静寂。カプリは目を閉じた。

フランシアの腕がカプリを抱きしめた。

「だいじょうぶよ！　カプリ、聞いて。彼はだいじょうぶよ」

カプリは目を開けた。信じられなかった。

「どこ？」

目がマットを探した。いた！　たくさんのスポットライトが彼を照らしている。見える、見える、けがもしていない。飛び込みは成功したのだ！

恐ろしいほどの幸福感がカプリの中ではじけた。誇らしい気持ちがわき上がった。彼女はどよめく観客の中に入っていった。体が触れる人たちがみんないとおしかった。すべての人をいとおしく思った。

「マット！」カプリが叫んだ。

マットにその声が届いた。そして振り返って彼女に向かって手を上げた。二人は笑いを交わした。カプリは彼の顔を見て、恐れが吹き飛んだのだとわかった。彼女自身の恐れももう消えていた。カプリはマットの恐怖をいっしょに分かちもっていたのだ。ある意味では、彼女もまた飛び込みをしたのだ。心の中でだけだったとしても。

新しい気持ちでカプリはあたりを見回した。ぐるぐる回るライトのピン歯車や、賞品のおもちゃ、スリル、おがくずや油の匂い、ポップコーンやピーナッツや、暑さ……。彼女はゆっくり目を上げて、いまマットが飛び込んだ飛び込み台を見た。

あしたの晩は今日ほど怖くないだろう。そして次の晩はもっと簡単になるだろう。そして、いつか、ぜんぜん気にしないときが来るだろう。そのとき、わたしは本物のカーニバルの一員となるのだ。

第二十四章

大きなケーキの上に十六本のキャンドルが立っていた。真ん中にママ・ブーンがキャンディースティックで作った魔法使いの杖が飾ってある。夜中の一時。土曜日の夜の最後の客が帰り、カーニバル会場はすっかり空っぽになった。みんながビンゴのテントに集まった。これは例のイカサマ賭博で大騒ぎがあったテントだが、いまそれはカプリに一言ハッピーバースデイを言おうと集まった人々ではち切れそうだった。

今日初めてカプリは、カーニバルが閉場する時間まで会場にいるのを許されたのだ。そしてまた今日初めて、モリーのスパンコール付きのコスチュームを着て、プロフェッサー・アーチボールドが卵を消しウサギを取り出すマジックを手伝うのを許されたのだった。スリムと観覧車に乗り、ドックと投げ銭遊びをした。数か月遅れだったが、こんなに楽しい誕生日は初めてだった。

「これからもたくさんの楽しい日々を！」とママ・ブーンが声をかけてくれた。

「こんなにきれいなケーキ、いままで見たことないわ」カプリが礼を言った。ママ・ブーンは四つ葉のクローバーをプレゼントにくれた。スリムはマジシャンの小道具が詰まった箱をくれた。しかもそれは二重底の細工箱だった。ゲイフェザーは外国製の革表紙のスクラップブックを取り寄せてくれた。そして、いまや「ビルボード」（アメリカ最大の音楽週刊誌）に載るほど有名になったマットは、かつてフランシアが舞台でつけていたような重くてりっぱな金のブレスレットをプレゼントした。

だが、もっともすばらしいプレゼントはフランシアがくれた。それは真っ赤なサテンで裏打ちされた黒いケープだった。

「フラン、これは……？」

キャンドルの向こうでフランシアがほほえんだ。

「そうよ。あなたのお父さんのケープです」

「メジャー・マーヴェルのケープか！」アーチーが目をみはった。

みんながそれに触るために集まった。そして、ショービズに従事する人たちに特有の、チャンピオンの娘に対する尊敬の念を示すまなざしをカプリに向けた。

「この子はこのケープに恥じないマジシャンになるよ」アーチーが言った。「この子の指は初めからちがっていた」

一瞬、フランシアの目が悲しそうに曇った。だがすぐに誇らしげに輝いた。

「さあさあ、みなさん。マジシャンの卵がケーキをカットしますよ」

カプリは笑いながら、チャーリー・マーコニがさしのべてくれたナイフを受け取った。

「さあ、ねがいごとをするんだよ」ママ・ブーンが言った。「大きな夢がかなうように」

カプリはキャンドルの光に輝くみんなの顔を一つひとつ見た。

リバージャンクションはもうとっくの昔になっていた。いまどこにいるかを思い出すのがむずかしいほどだった。いろいろな町で興行をしてきた。先週はタトリング・ミルズ、来週はヴィクトリー・コーナーズの予定だ。今晩も、このパーティーが終わったら、雑役係の若者たちがカーニバルをたたむ作業をはじめる。そびえ立つような遊園地の機械をバラバラにしていくつもの箱に詰め込む。トラックを会場に乗り込ませ、次々に載せて、しまいにはここにカーニバル会場だったことを示すわずかな跡が地面に残される。そして空が明るくなるころには、トラックもトレーラーも動き出すのだ。カーニーたちはそれぞれ思い出を胸に抱いて次の町に移っていく。濡れた紙の上に落ちたインクのように思い出は繋がっていくのだ。

「ねがいごとをしたかい？」ドックが訊いた。

カプリは首を振った。神様にお願いすることはなにもなかった。いままで一度もこんなに生きている実感をもったことはない。こんなに自由だったこともなかった。マットが初めて飛び込み台から飛び込んだとき、彼女は大人になったのだ。いまカプリは、かつてフランシアが彼女のために望んでくれたような安全などは、存在しないと知っていた。あるのは、自分の心に素直になること、自分自身の生きる目的をもつことだった。それはマットから学んだことだった。そしてフランシアも彼女なりのやり方でそうしたと言える。

フランシアのためにねがいごとをすることもできたのだが、その必要はないようだった。このシーズンが終わったら、フランシアとゲイフェザーは結婚することになっている。そして農場で静かな生活をして、また三月になったらカーニバルを再開するのだ。フランシアにとって、それは理想的な生活だった。

ねがいごとはないわけではなかったが、それらはカプリにとって手を伸ばせば可能なことであり、どうしたら手に入れることができるかがわかることだった。

カプリはマットに笑いかけた。

「ねがいごとはないわ」

そう言うと、ケーキをカットする手に力を入れた。

訳者あとがき

この作品は、ドロシー・ギルマンが一九六〇年代に『おばちゃまは飛び入りスパイ』に始まるミセス・ポリファックスのユーモア・スパイ小説シリーズを書く前に発表していた、一連の青春小説の一つです。その中でももっとも古いものの一つで、一九五〇年に出版されていますが、『キャノン姉妹の一年』や『マーシーの夏』同様、その感覚はじつに現代的で、少女が子どもから大人に成長していくむずかしい時期を、少女の目と心で描いています。

主人公のカプリ・マッコムは十五歳。母親と伯父との三人で農場をきりもりして暮らしていましたが、その伯父シューマン・アボットが亡くなると、弁護士は思いがけなくもシュー伯父には隠し財産があると言います。あろうことか、それはカーニバルだったのです。経営の立ち行かない農場を手放し、マッコム母娘は唐突にも興行主となって、「トビー・ブラザーズ巡業カーニバル」に乗り込むところから、この物語は始まります。

カーニバルは、サーカスやボードビル（歌・踊り・曲芸・寸劇などの寄席演芸）などの要素ももつ、巡業の市《いち》のようなものです。ポップコーンなどを売る屋台が立ち並び、観覧車が回り、曲芸やショーを見せたりします。現代なら子どもの遊園地と大人のアミューズメント・パークがいっしょになったようなところです。シュー伯父とカプリの母親フランシアは兄妹で昔ちょっと名の知れたボードビリアンでしたが、シュー伯父は引退してからも、大好きなショービジネスとつながっていたかったらしく、ひそかにカーニバルを所有していたのでした。

いっぽう、カプリの母親フランシアはその美しさが伝説となるほどの人気者でしたが、じつはショービズの世界には馴染めなかった人でした。彼女はカーニバルが遺産だと聞いて衝撃を受けますが、娘との暮らしのために、「よく知っている世界」でもあるショービジネスに経営者として新たに乗り出すのです。

娘のカプリはこのまったく新しい世界に目をみはります。人に芸を見せて拍手喝采を受ける芸人たちの華やかさ、一カ所に留まることのない芸人たちの暮らしが、カプリの目には新鮮なものに映ります。あやしげな仕掛けをして客を呼び込むイカサマ師たちに腹を立てる母親に共鳴しながらも、そういうあやしげなものを求めてカーニバルにやって来る客もいるという機械修理係のドックの説明にも耳を傾けるのです。カーニバルは非日常の世界で、客はスリルを求めてやってくる。そんな客を満足させる面白い出し物を出さなくちゃ、という説明にうなずくカプリです。

突然にやってきたマッコム母娘を歓迎した者ばかりではありません。カーニバルは常に赤字だと報告してシュー伯父をだまし、長年利益を独り占めにしてきたカーニバル・マネージャーのサボは、マッコム母娘を追い出しにかかります。フランシアを困らせたるため、手下のジャック・ラストに命令して客のふところから財布をスリとらせたり、あの手この手で攻めますが、世間知らずのマッコム母娘はサボを疑いません。そのサボがどうやってしっぽを出すのかが、この物語の一つの山場です。

昔、自分自身もボードビリアンだったフランシアですが、その根無し草のような生活に馴染めず、静かな落ち着いた暮らしにあこがれていたので、娘のカプリには〝ふつうの暮らし〟をさせたいと望んでいます。男の子とデートし、結婚して穏やかに暮らす女の一生が、フランシアがカプリに望む母親としての夢です。その夢の実現のために彼女はいろいろ計画をします。カプリがつなぎのズボン姿でカーニバルを飛び回ったり、雑役係の男の子などと付き合ってほしくないのも、フランシアの夢にそぐわないからです。自分が果たせなかった夢と希望を娘に託す母親に、カプリは当惑します。彼女にはシュー伯父の血が流れていて、ショービズの世界が大好きであることがだんだんわかってきていたからです。彼女はマジシャンのアーチーに一度手品の仕掛けを習っただけですぐに覚える、のみこみの早い手先の器用な子です。またカプリはカーニバル芸人としては高齢のアーチーを、なんとかふたたび舞台に立たせようと画策しているところなのです。それは彼女の、生まれて初めて手がける「自分の仕事」です。

母親との間に生まれた違和感は、カプリが自分の人生を生き始めたことに起因するものでもあります。子ども時代は母親といっしょならなんでも面白かったカプリでしたが、いまは散歩に誘う母親を断ってでも、カーニバルであれこれしたいと思っている自分に気がついています。

カプリが好きになる男の子、マット・リンカーンはアクロバット芸人になろうとしています。父親もアクロバット芸人だった彼は、デビューのチャンスをねらっています。彼の出し物は三十メートルの高さから下の小さな水槽に飛び込むこと。ドックの母親の占い師ママ・ブーンもドックも、マットをとめようとしないので、カプリは怒りを爆発させます。無謀な飛び込みでマットが首の骨を折って死んでしまうことを恐れるカプリに、フランシアはマットをとめることはできない、とめてはならないと静かに言います。

「ほかの人を自分の人生にむりやり合わせようとするのは間違いよ」とさとし、「彼をとめてはいけない。もしそうしたら、これから他のことも恐れなければならなくなる」と自分の経験を話すのです。それはカプリの知らない秘密でした。そしてカプリは、初めて母親を、苦しい経験から学んできたひとりの人間として見ることができるようになります。

自分の果たせなかった夢を娘に託そうとするフランシアでしたが、それは「ほかの人を自分の人生にむりやり合わせようとするのは間違い」という、彼女自身が苦しんで得た教訓と矛盾するものでもありました。自分の夢は自分で達成するよりほかないのです。この物語は、人生の出発点に立つ少女カプリが主人公ですが、自分の夢を抱いて生きてきたフランシアの物語でもあります。エンディングでそのフランシアにも新しい人が現れて、彼女もまた自分の夢は自分で達成することがわかります。

夢やあこがれをもつのは、いくつになっても遅くはありません。マッコム母娘から農場を買ったゲイフェザーにしても、若いときから仕事人間で、引退して初めて、人とのつきあいや暮らしのことなどまったく眼中になかったことに気がつくのです。自分の夢は人を愛すること、愛する人といっしょに暮らすことであると気づいてから、彼はフランシアに恋をします。この小説は、夢を見ることの大切さを教えてくれます。どの人も夢を追っているようです。マックは地上三十メートルのところからの飛び込みを、カプリはマジシャンになることを夢見、ママ・ブーンは面白いカーニバルで働き続けることを望み、フランシアは穏やかな庭いじりの暮らしにあこがれるというふうに、全編、夢をもってひたむきに生きる人々の姿が描かれています。悪者のサボさえも、ある意味では夢を追う人なのです。どんな汚い手を使ってもカーニバルのオーナーになりたかったのですから。

　夢をもち、その夢に向かってひたむきに努力すること。その過程が人生なのだということに、早くも十五歳にしてカプリは気づくのです。終章の十六歳の誕生日パーティーで、カプリはデコレーションケーキにナイフを入れるとき「ねがいごとをしたかい？」と声をかけられます。そして彼女は「神様にお願いすることはなにもない」ことに気がつきます。神様に実現してもらうのは、自分が夢をもって、努力することで手に入れるのとは別のもの。そんなのはいや。ほしいものは自分で手に入れようと思うカプリです。そして、マットがそうしたのと、フランシアがそう生きてきたのを思い、自分にもきっとそれができると確信し「ねがいごとはないわ」と答えるのです。

　ドロシー・ギルマンは不安な気持ちで人生の出発点に立つ若者たちの心理を描くことに長《た》

けた作家ですが、この作品には明るい楽観主義が全編を貫いていて、読む者をウキウキさせます。明るさだけでなく、若者の感じやすさ、傷つきやすさにも、いつもどおりギルマンは温かく手をさしのべています。金持ちの息子でやさしいピーターを見て自信がなくなるマット、そのマットを見て「そんな必要ないのに。わたしたち（マットとわたし、そしてカーニバルの団員）はみんないっしょなんだから」と思うカプリ。マットに「会えてよかった」とあいさつするピーターもすがすがしく、若者三人の素直さが伝わるさりげない、良いシーンです。カーニバルという非日常の世界を舞台に、子どもから大人になろうとする少女の一年と、その周りの大人の生き方をいきいきと描いた佳作です。

つぎもまた、この作品と同じ時代の青春小説を訳す予定です。どうぞお楽しみに。

二〇〇五年　十月

柳沢由実子

アメリア・ジョーンズの冒険

ドロシー・ギルマン　柳沢由実子 訳

ISBN4-08-760365-2

アメリアは遺産で店を買った。そこの古い楽器にはさまっていた紙切れには、「彼らがもうじきわたしを殺しに来る……」の文字が。対人恐怖症のアメリア、楽器の持ち主の謎を追う。

古城の迷路

ドロシー・ギルマン　柳沢由実子 訳

ISBN4-08-760374-1

ペストで両親を亡くした16歳の少年ペリン。途方に暮れて修道士を訪ね、彼の勧めで古城に辿り着く。そこには年老いた魔術師が住んでいて、彼にこれからの生きる道を説いた……。

テイル館の謎

ドロシー・ギルマン　柳沢由実子 訳

ISBN4-08-760395-4

不幸な飛行機事故で、不眠症と情緒不安定に悩まされているアンドリュー。父親に命じられて、マサチューセッツ州のテイル館へ出かけたが、廃屋のはずの館に数人の人影が見えて……。

メリッサの旅

ドロシー・ギルマン　柳沢由実子 訳

ISBN4-08-760404-7

2年間の結婚生活に終止符を打ち、精神科医の勧めでヨーロッパへの旅に出たメリッサ。船上で不思議な男に、1冊の本をマヨルカ島へ届けるように頼まれる。だが、次々と事件が！

キャノン姉妹の一年

ドロシー・ギルマン　柳沢由実子 訳

ISBN4-08-760454-3

ニューヨークの派手な社交生活を捨て、トレイシーは、全寮制の学校にいる妹のティナを迎えにいった。叔父が死に、二人に湖畔の家を遺してくれたのだ。父母の死後、別々に暮らしていた姉妹は、知る人のいない2月の湖畔の家で一緒に暮らし始める。けれど、姉妹は知恵を出し合い、少しずつ田舎の質素な生活に踏み出していく……。

伯爵夫人は万華鏡

ドロシー・ギルマン　柳沢由実子 訳

ISBN4-08-760416-0

手のひらにその人物の物をのせると、過去、未来をあてる伯爵夫人。今はアメリカの東海岸で一人住まい。町の警部補に頼られ、またもやカルト集団の事件を相談されるが……。

バックスキンの少女

ドロシー・ギルマン　柳沢由実子 訳

ISBN4-08-760423-3

インディアンに両親を殺され、兄をさらわれたレベッカ。5年後、兄は戻ってきたが、中身はインディアンのまま。16歳になったレベッカに縁談話がもちあがり、兄妹は町を脱出した！

集英社文庫・海外シリーズ　好評既刊

Sandra Brown

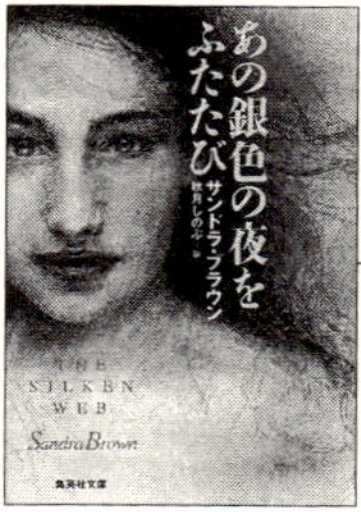

あの銀色の夜をふたたび

サンドラ・ブラウン　秋月しのぶ・訳

初めて愛した男には妻が！　不信と絶望のなかで、女は姿を消した。だが、運命はさらに苛酷だった。ファッション・バイヤーとして働きだした彼女は、彼の子どもをみごもっていた……。

復讐のとき愛は始まる（上）

サンドラ・ブラウン　秋月しのぶ・訳

故郷には償わねばならない人々がいる。
——ニューヨークの摩天楼の一室から、
彼女ははるか下を見おろした。
南部のあの町へ帰ろう。
そして、忘れられない事件がよみがえる……。
全米で170万部突破の大ベストセラー！

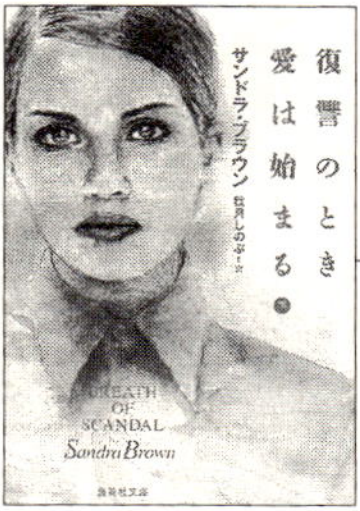

復讐のとき愛は始まる（下）

サンドラ・ブラウン　秋月しのぶ・訳

哀しい過去をもった男と女。二人の標的は？
——成功して、故郷の町へ帰った彼女の前へ
立ちふさがる人々。
人生に背を向けていた男は、
再起をかけた仕事に向かったが……。

集英社文庫

カーニバルの少女《しょうじょ》

2005年11月25日　第1刷

定価はカバーに表示してあります。

著　者　ドロシー・ギルマン
訳　者　柳《やなぎ》沢《さわ》由《ゆ》実《み》子《こ》
発行者　加藤　潤
発行所　株式会社　集英社
東京都千代田区一ツ橋2—5—10
〒101-8050
電話　03（3230）6094（編集）
03（3230）6393（販売）
03（3230）6080（読者係）
印　刷　図書印刷株式会社
製　本　図書印刷株式会社

Printed in Japan
ISBN4-08-760496-9 C0197